西域走笔

周养俊 著

陕西新华出版
太白文艺出版社 · 西安

图书在版编目（CIP）数据

西域走笔/周养俊著.—西安：太白文艺出版社，
2019.3（2023.6重印）
ISBN 978-7-5513-1683-5

Ⅰ.①西… Ⅱ.①周… Ⅲ.①散文集 – 中国 – 当代
Ⅳ.①I267

中国版本图书馆CIP数据核字（2019）第051300号

西域走笔
XIYU ZOUBI

作　　者　周养俊
责任编辑　申亚妮　张　笛
封面设计　梁　涛
出版发行　太白文艺出版社
经　　销　新华书店
印　　刷　三河市同力彩印有限公司
开　　本　787mm×1092mm　1/16
字　　数　142千字
印　　张　9
版　　次　2019年3月第1版
印　　次　2023年6月第2次印刷
书　　号　ISBN 978-7-5513-1683-5
定　　价　32.00元

目　　录

卷 首 语

宝马香车惜别灞柳依依
张骞策马远征去
西域风情应犹在
漫漫长路落日相伴唯不记
扬歌迷沙舞飞尘
边关星辰伴寒烟
旷野寥寥荒无语

鸿雁飞过了无痕
大漠茫茫一线留天际
那曾经——
丝路晨咏 惊鸿初醒
多少乡邑酒当歌
吾心萧条千万里

天高星远云渺渺
风在肩 回头望
一把思乡泪浊 几抹残阳挥去
西域连长安 曼妙若虹桥
踽踽使者丝路留千古

花语纽带 铺满鲜花 枝缀芬芳
醉无数后来人
长安仍在 踏遍深深足迹

第一章　走过河西走廊

出了兰州，就进了著名的河西走廊。这条走廊夹在祁连山、合黎山及龙首山等山脉中间，长千余公里，宽不过两百公里，最窄处仅数公里。

第一次走进这条丝绸之路上的走廊，我看到的只是一条铁路、一条公路和一列高高的电线杆。到处是戈壁沙丘，满目苍凉，看不到一抹绿色。我真怀疑这里是否会有生命的存在。可历史上这条长长的走廊，飘摇过左宗棠西征大军栽下的生命力极强的柳树，奔走过张骞恓惶迷茫旳羸马，也碾过悲愤的林则徐的囚车，回荡过班超投笔从戎的誓言，踯躅过玄奘西行取经的

身影……东突西奔的战争狼烟，东来西往的商旅驼铃，把千里长廊谱成慷慨悲壮、绵延不绝的阳关曲或者凉州曲。

　　嘉峪关市市郊有一座很大的魏晋墓，墓中葬着一个不知生卒年月的六品文官。墓室虽小，但丰富多彩的墓室壁画却记录了耕种、养蚕、放牧、狩猎、餐饮等生产生活场景。令人最难忘的是一幅《驿使图》：一位驿使快马加鞭，显然是要送一份紧急的文书，画匠没有把驿使的嘴画出，意为守口如瓶。这幅《驿使图》使我们看到了魏晋时的"邮递员"。赞叹画匠独具匠心的同时，我们不能不遥想汉唐时的河西走廊，一定是水草肥美、沃野千里、商贸发达、城镇繁荣。

河 西 古 道

我一次次从这条古道上走过，而每次走在这苍老的、布满了历史遗迹的河西古道上，我的心灵都会受到强烈的震撼。

一望无际的茫茫戈壁，连绵起伏的祁连山脉，顽强生长着的沙枣树、胡杨、骆驼草，还有星星点点的小镇、村落……都会牵引着我的目光和思绪，令我肃然起敬。

这是上帝的恩赐？是大自然的杰作？还是人类的造化？谁能数得清这古道上走过多少过客、多少车仗、多少将士、多少驼队？谁能说得清这古道上演绎过哪些动人心魄的故事？

无数次殷红的日落，无数次苍白的月升，无数次电闪雷鸣，无数场风霜雨雪，古道的上空仿佛交织着一条条迷人的彩虹。

始祖轩辕黄帝曾经"涉流沙，登于昆仑"。尧帝跨越昆仑山，到了葱岭以西的龟山会见了西王母。大禹治水，到西域察山观水，明辨流向。张骞出使西域，开辟了东西交流的丝绸之路。霍去病率军出征，深入漠北，三破匈奴，平定西域。唐玄奘西天取经，留下一路美丽传说。还有那么多的诗人、词人、艺术家，也把自己的思想、灵感洒向西域的蓝天白云。他们的足迹、他们的作品、他们的精神，把这里的空旷、单调填写得丰盈、生动。

你相信吗？在这满目荒凉的土地上会有嘉峪关这样雄伟的建筑，会有酒泉醇香的美酒，会有莫高窟摄人心魄的壁画艺术瑰宝，会有把卫星、飞船送上太空的卫星发射中心！

清光绪二十六年（1900 年），道士王圆箓发现了莫高窟的"藏经洞"，从洞内拿走了写经、文书和文物4万多件。之后，这些宝贝在王圆箓的手上相继被英、俄、日、美诸国的强盗掠去。虽然王圆箓的"败家"之举为世人所不齿，但静下来想时，又觉得要不是他，人们怎么会知道这风化了的悬崖下会有洞窟，这洞窟里会有无尽的宝藏？我们的祖先是聪明的，他们创作了那么多令西方强盗垂涎欲滴的艺术作品，可是他们绝对没有想到后辈中的不肖子孙竟然将自己的宝贵遗产廉价卖给了西方列强。这不能不说是中华民族之耻辱。

莫高窟历经十六国、北朝、隋、唐、五代、宋、元等十多个朝代的兴建，有千余年历史。它呈现了我国从6世纪到14世纪的部分社会生活和历代造型艺术的发展情况。这一宏大文化宝藏重见天日，被公认为全人类20世纪伟大的发现。我国的长城、故宫、秦兵马俑都是举世无双、令人敬仰的古迹，但像莫高窟这样历经千年兴建、保存了十多个朝代的历史文化古迹，在中国，甚至在世界都是绝无仅有的。不管历史怎样发展，不管有多少事件发生，莫高窟都是中华民族的莫高窟，莫高窟的艺术作品都是华夏儿女智慧的结晶。

这终年几乎不下雨的地方，竟有许多河流碧波荡漾，还能滋养出庄稼、绿树、小草和红花！当你看到绵延起伏的祁连山的时候，你一定会相信这世界上什么样的奇迹都会发生。那黑黝黝的沟壑中终年都流淌着甘冽清纯的雪水，这些雪水永不停歇地流进河西走廊的每一个城市、每一座村庄，浇灌着万顷良田，滋润着祁连山下每一个子民并不富有的日子。

在连绵起伏的金色沙山中，还有一汪清澈的泉水，它就是月牙泉。"一湾清泉，涟漪萦回，碧如翡翠。"泉在流沙中，干旱不枯竭，风吹沙不落。泉边芦苇茂密，微风起处，碧波荡漾，水映沙山，蔚为奇观。月牙泉的周围是高高的沙山，沙山在刮风时会发出声响，所以人们叫它鸣沙山。更为奇特的是，因为地势的关系，刮风时沙子不往山下走，而是从山下往山上流动，所以月牙泉永远不会被沙子埋没。有诗赞曰："晴空万里蔚蓝天，美绝人寰月牙泉，银山四面沙环抱，一池清水绿漪涟。"鸣沙山和月牙泉是大漠戈壁中一对姐妹，"山以灵而故鸣，水以神而益秀"。游人无论从山顶鸟瞰，还是在泉边畅游，都会心旷神怡。当你置身于鸣沙山下、月牙泉边的时候，还真有"鸣沙山怡性，月牙泉洗心"的感觉。

走在河西古道上，就像走进了一条历史的长河。沐浴着这里的阳光雨露，让人感到一种苍凉悲壮。这片古老神奇的土地，这片经历过战火劫难的土地，这片飞扬过祥和牧歌的土地，这片让人落泪又使人欢腾的土地，从武威到张掖，从酒泉到敦煌，无处不饱含着深厚的历史文化，无处不闪烁着夺目的光彩。

第二章　哈密的烽火台

从星星峡进来，穿过五船道、苦水、烟墩、大泉湾到哈密，光听地名，都充满着风尘、沙石、艰难、苦涩的味道，可以想象丝绸之路是怎样一步一步走出来的。

人们提到哈密，首先想到的是香甜的哈密瓜，其实比哈密瓜更著名、更有价值的是哈密的烽火台。烽火台也叫烽燧，古文献载："烽，候表也；燧，塞上亭，守烽火者也。"烽燧表达出两种意思，其一是指火或烟的信号，其二指为发信号而设的建筑物。

进入哈密后，为你指引方向的就是这一路蜿蜒而去的烽火台。"大漠孤烟直，长河落日圆。"阳刚大气的边塞风光尽收眼底。

目前，哈密市尚存古代烽燧51处，为新疆之最。这些遗存的烽火台，直至清代还在使用。

"寒驿远如点，边烽互相望。"每隔两三公里就有一座烽燧，这些烽燧连接起来就形成了长城，以顽强的姿态延伸至西域。烽火台在宣告行使国家主权的同时，也把贸易的护栏修到了边陲，修到了帕米尔高原的脚下。

唐代边塞诗人岑参路过伊吾（今哈密）时曾感叹道："一驿过一驿，驿骑如星流。"目前出土的铁器、铜钱、箭头等，都充分证明了哈密军事防御工事的重要性和这条贸易之路昔日的繁华。

烽火台的凝望

烽火台也叫烽燧，是我国最早有组织的通信设施。烽火台在汉代称作烽堠（烽候）、亭燧，唐宋称作烽台，明代则一般称作烟墩或墩台。都是指用于点燃烟火传递消息的高台。

我最早认识烽火台，是在西安东部的骊山上，历史上著名的周幽王烽火戏诸侯的故事就发生在那里。

骊山烽火台让人难忘的是一个历史故事，哈密的烽火台却让人产生一种强烈的敬畏感。当你凝视着这一座座古老的、历尽沧桑的"大土堆"时，就会感到震撼。经历了无数个春夏秋冬、无数次风霜雨雪，这些烽火台都像饱经风霜的老人默默地站立，见证着历史的演绎变迁，把一座座雄伟的建筑站成了一道道让人感慨万千的风景。

新疆的烽燧遍布天山南北，与丝绸之路中道与北道走向一致，为保证古代丝绸之路的畅通发挥了重要作用。

哈密是新疆烽燧最多、保护最好的地区，目前存有各时代的烽燧 51 座，其中巴里坤县保存的烽燧数量最多，共有 29 座。哈密市区和伊吾县分别有 19 座和 3 座。

哈密最早的烽燧建于唐代，现境内遗存唐代烽燧 4 座，距今已有 1200 多年的历史。现今保存的绝大部分烽燧是清代建筑的。目前，烽燧分布密度最高的是巴里坤县县城往西至萨尔乔克一线，每隔两三公里就有一座，有多达 13 座连绵相望，如岑参诗所云："寒驿远如点，边烽互相望。"烽燧确实是丝绸之路的一大景观。烽火台首先出现在哈密，也说明哈密就是新疆长城的起点。而这长城以烽燧、戍堡、驿站、卡伦等军事设施的形式绵延于边陲大地。

哈密的邮驿从烽火通信演变而来。早在唐朝，哈密就建立了邮驿制。哈密驿站和烽燧无论在数量上还是在质量上，在新疆都处于领先地位。到了清代，哈密的驿站已有26处，进一步完善了哈密商路。在通信手段十分原始的情况下，驿站担负着政治、经济、文化、军事等各方面的信息传递任务，在一定程度上也具有物流的功能，进行特定的网络化传递与网络化运输。唐代边塞诗人岑参一日路过哈密，深为这里的景象所感动，于是发出了这样的感叹："一驿过一驿，驿骑如星流。"可见当时丝绸之路哈密一带的繁华和烽火台、驿站的繁盛。我想，当时的驿站与今天的邮政通信、邮政速递等，是不是有异曲同工之妙？

清光绪二十九年（1903年），新疆巡抚潘效苏学习俄国的驿车传邮方法，开辟了一条自省府迪化（今乌鲁木齐）经哈密至甘肃酒泉的驿车传邮线路，开设不足三年因亏损而告裁撤。1913年，裁驿归邮，哈密下属各驿站统改为邮站，哈密设二等邮局。1937年，抗日战争全面爆发后，内地和沿海地区被日军封锁，哈密成为抗战后方的重要国际通道。哈密邮局在办理邮政业务的基础上，承担起国际邮件转口局的业务。1949年9月26日，新疆和平解放，哈密县军事管制委员会接管了各邮电机构。1952年11月1日，哈密专区邮电局正式成立。

中华人民共和国成立之初，哈密邮件处理全为手工操作。60多年来，哈密邮政先后建成了与全国邮政连为一体，并覆盖下辖3个县的邮政储蓄计算机骨干网络（绿卡网）和邮政综合计算机网，拥有30个邮政储蓄全国联网电子化支局。哈密邮政通过不断改革创新，增强服务功能，拓展服务领域，形成了邮政实物运递网、综合计算机网、金融计算机网三大网络平台，拥有物流、信息流和资金流三流合一的独特优势，是西北地区重要的邮政通信枢纽，是全国邮政通信网的重要组成部分。

作为丝绸之路上的咽喉重镇，如今，哈密在丝绸之路经济带建设中发挥着不可替代的作用。哈密邮政已经搭上了"五化"发展的快车道。

离开哈密时，回头再望那些拜访过的烽火台，忽然觉得它们不再严肃、静默，它们距离我们近了，而且显得可爱而亲切。

一封没有发出的信

一封信寄出去 1600 多年，收信人还没有收到。这事儿听着很玄乎，但确实是真的，因为这封信压根儿就未发出去。

1907 年，英国探险家、文物大盗斯坦因在甘肃敦煌一座坍塌的烽燧里发现了 8 封寄往撒马尔罕的信。这 8 封信在破败不堪的墩台里静静地躺了 1600 多年，笔迹依然清晰可辨。

8 封信中，有一封是一名叫米薇的粟特女子写给丈夫那奈德的家书。信中的内容大概如下：米薇的丈夫那奈德去撒马尔罕经商未归。米薇和女儿滞留在敦煌等候。分别后，米薇曾多次给丈夫写信，但从未收到过一封回信。米薇做梦也没想到，她的这封信连敦煌也没走出，一直沉睡在敦煌的烽燧里。

至于这封信为什么没有寄出，为什么会在敦煌的烽燧里，的确是个谜。谁也无法解开，谁也无法考证。或许是送这批信件的驿卒在送信途中遇到了不测，信件流落在烽燧里；或许是送信驿卒危急关头把信藏进了烽燧。总之，信虽然没有送出，但完整地保存了下来。

也正是因为信的存在，才有了许多年后斯坦因的发现，才有了考古学家的破译，才使米薇的遭遇大白于天下。

据史料记载，粟特人原是生活在中亚地区的古老民族，公元 5 至 8 世纪时几乎垄断了陆上丝绸之路的国际贸易。汉代西域 36 国中，最早到中国经商的就是粟特人。从历史记载中能够看出，粟特人是做生意的天才，他们对孩子从小就进行经商教育。粟特男子成年后大都脱离家庭独自出门谋生。粟特人生活在丝绸之路上长达两个半世纪，以擅长经商闻名亚欧大陆。

那奈德是粟特人，无疑是个商人，他不远千里携妻女到敦煌做生意。从米薇会写信这一点来看，她应该出生在富人家庭，而且从小喜欢读书，有一定的文化水平。另外，米薇很可能是一个天真浪漫的人，追求爱情自由，比较任性。她一定不顾家人反对嫁给了那奈德，而且跟着那奈德到了敦煌。

敦煌是丝绸之路上的贸易中转站，那奈德把妻女安顿好后就干自己的事情去了，至于他为什么不给妻子回信，是出意外了还是其他原因，这确实是不能确定的事情，后人只能是猜测。但是有一点应该肯定，那就是米薇一直在等丈夫那奈德的回信，而且等得很苦很苦。她一定曾托人打听丈夫的情况，也得到了一些信息，只是始终收不到丈夫的回信，这些在她给丈夫的信中都有反映。

那奈德走了三年，米薇带着女儿苦苦地等待盼望，她们母女的日子怎么过？她们靠什么维持自己的生活？其情形我们可以想象得到。多么可怜的女人和孩子啊！盼信，盼丈夫，几乎成了她们生活的全部。

米薇给丈夫那奈德的信已被大英博物馆收藏，并被命名为"3号信"。那个叫斯坦因的英国人，是个文物大盗，是偷中国文物的强盗，但如果没有他，米薇给丈夫的信可能还会在敦煌的烽燧里沉睡着。米薇的信被发现了，为世界上更多的人所知，这也许是对她灵魂最大的安慰，但愿她地下有知。

去了一次葡萄沟

　　葡萄沟位于新疆吐鲁番市东北方向，是火焰山下的一条峡谷。沟谷狭长平缓，有溪水流过。这溪水来自天山，是山上的积雪融化而成，清澈纯净，甘甜冰凉。沟内葡萄架遍布，葡萄藤蔓层层叠叠，郁郁葱葱，把阳光挡在了沟顶。葡萄沟旁是茂密的白杨林，花草果树点缀其间，使得这块迷人的土地富有诗意。农家村舍错落有致地排列在缓坡上，构成葡萄沟又一独特的风景，若不仔细看，很难在树丛中、葡萄架下找出那些民族风格鲜明的农舍来。

　　据说盛夏最热时，吐鲁番戈壁沙漠的地表温度高达70摄氏度，当地有民谚说这里"石头上烙饼，沙窝里焐熟鸡蛋"。我们到吐鲁番的前一天，这里曾下过一场大雨，按说气温要下降许多，可是火焰山旁高竖的温度计仍然显示：64摄氏度。

　　是这里的光照、雪水、山沟和干旱炎热成就了闻名世界的葡萄、葡萄干、葡萄酒吗？新疆朋友周维禄告诉我们，这里远离海洋，冬冷夏热，雨量很少，气候非常干燥。由于晴天多，日照充足。高山冰雪消融后，给农作物输送了宝贵的水分。白天温度高，可以加强农作物的光合作用，有利于养分的积累。夜间温度低，农作物的呼吸作用减弱，减少了养分的消耗。因此，这里的瓜果都长得特别大也特别甜。新疆当地人都知道"吐鲁番的葡萄哈密的瓜，库尔勒的香梨人人夸，叶城的石榴顶呱呱"。这四种知名度很高的水果中，吐鲁番的葡萄一直位居榜首。

　　周维禄先生是新疆邮电局的汽车司机。1989年夏天，我和新疆朋友刘尧锡、甘肃朋友罗鹏到吐鲁番采写《丝绸之路纪行》时，乘坐的就是他的车。这位从小生长在新疆的汉族人，不但热情好客、豪爽义气、待人诚实，而且喜欢研究地域历史文化、风土人情。由于他经常到吐鲁番来，对这里很是熟悉。

吐鲁番种植葡萄的历史很悠久，据《史记·大宛列传》和《汉书·西域传》记载，早在两千多年前，西汉张骞出使西域时就发现这里种植葡萄，并将其引入内地。《明史·西域传》说吐鲁番"有桃李枣瓜葫芦之属，而葡萄最多"。吐鲁番市阿斯塔那古墓出土文献中，曾发现有任命管理浇灌葡萄的官员的官方文件《攻曹条任行水行官文书》。文中多次提到，有官吏专管灌溉葡萄用水，反映了当时种植葡萄的规模是相当大的。从出土的北魏古墓的殉葬品中，人们还发现有较多的葡萄果穗、葡萄干、葡萄种子和葡萄枝条。

1989年，我第一次见识葡萄沟，那时的葡萄沟只是一个普通的地方。如今的葡萄沟已经是吐鲁番的"桃花源"和面向世界的窗口了。高大宏伟的大牌楼、笔直宽敞的迎宾大道、挺拔俊秀的白杨树林、深邃幽静的葡萄架长廊，一直把我们带到葡萄沟里。站在枝蔓密布的葡萄架下，望着眼前激流飞溅的渠水，一阵阵凉意顷刻间把身上的酷热驱赶得无影无踪。葡萄沟依山傍水，安静清幽。溪流悠悠，使葡萄沟充满了生机。葡萄架下，游人如织，有的仰首尽情观赏，有的坐在架下品尝新鲜美味的葡萄，有的一遍遍调整自己的姿势与葡萄合影，有的则端起镜头抓拍。

葡萄沟是自然的，也是商业的，又是文化艺术的广阔天地。这里已建成了具有一定规模的园区，有民族风味的餐馆，有卖工艺品的蒙古包，还有划船游玩的地方。特别是葡萄山庄，设备齐全，还有级别较高的葡萄乡度假村。吐鲁番市还在这里建设了葡萄展览馆、吐鲁番维吾尔族民居民俗馆，给人们提供了更多的了解吐鲁番和维吾尔族历史文化的条件。

中午，新疆的朋友安排我们在一位维吾尔族朋友家里就餐，这位维吾尔族朋友两代人都在邮电局工作。朋友的父亲是退休职工，当年曾被评为省级先进生产者，女儿现在是吐鲁番市邮政局的部门领导。好客的维吾尔族主人十分热情，特地把用餐的地方安排在他们家的葡萄架下，让我们的眼睛和嘴巴同时享受这里的美景和美餐。有无核白、马奶子、红葡萄、索索等品种；有圆形、椭圆形等不同形状；有的晶莹如珍珠，有的鲜艳似玛瑙，有的碧绿若翡翠，令人爱不释手，看不够也吃不够。

第三章　昌吉的回忆

昌吉回族自治州是古代丝绸之路通往中亚、欧洲诸国的必经之地。

公元前101年，汉朝在西域设使者校尉时，便统治了这一地区。后在北庭（今吉木萨尔县）设戊己校尉，前后管辖此地达400余年。

唐贞观十四年（640年），唐太宗置庭州，辖金满、轮台、蒲类、西海四县，涵盖了今昌吉州的大部分地区。

唐长安二年（702年），武则天设北庭都护府，辖天山以北、巴尔喀什湖以西的广大地区，谱写出古西域史上最辉煌的篇章。

2015 年 4 月，西安已经花红柳绿，姑娘们的裙子也飘上了街头。昌吉的树还没抽芽，荒凉粗粝的黑戈壁寸草未生，寒风还在拼命地吹着。我们一行人站在北庭大都护府的遗址上，听一位年轻的讲解员讲这里的故事，透过历史的烟云，眼前尽是嘶鸣的战马和浴血奋战的将士。

　　20 世纪 80 年代，我参与采写《丝绸之路上的邮电职工》，曾来过新疆，就是因为大雪封山没能上得了天山。我一直很敬佩奔走在丝绸之路上的先人们，还有那些终年工作、生活在戈壁荒漠上的人们。他们的品格和精神值得我学习。

庭州的跨越

春日的一个下午，我们来到距昌吉市吉木萨尔县县城约 12 公里的北庭故城遗址，在一座周围长满了苜蓿的大土堆前，听新疆维吾尔自治区邮政公司资深经理、昌吉市邮政公司总经理吴顺林给我们讲关于北庭故城的故事和邮政的发展。

穿过历史的烟云，我们眼前不断浮现这里昔日的辉煌，耳畔也似乎响起了战马的嘶鸣声和将士们的呐喊声。

北庭故城在唐代是庭州、北庭都护府、北庭大都护府、北庭节度使的治所。唐太宗为了加强对西突厥地区的管理，在 640 年攻破高昌以后，在高昌设立了安西都护府。安西都护府管辖天山以南直至葱岭以西、阿姆河流域的辽阔地区。702 年，武则天为了进一步巩固西北边疆，在庭州设立了北庭都护府，管辖天山以北包括阿尔泰山和巴尔喀什湖以西的广大地区。

安西和北庭两个都护府作为唐朝设在西域的最高行政和军事机构，使唐朝能够在西域有效地进行政治、军事管理。当地相当长时间里社会安定，农牧业、商业都得到空前发展。

15 世纪初，北庭都护府被毁。当地人把它的遗址称为"破城子"，除残留部分城墙遗址外，城内建筑已经荡然无存。历经岁月的洗礼，它见证了唐朝的边疆管理模式以及高昌回鹘王国曾经的文明，见证了游牧文化和中原文化的交往过程。2014 年 6 月 22 日，丝绸之路申遗成功，其中包括北庭故城遗址。

随着北庭故城遗址被纳入丝绸之路世界文化遗产中去，它所处的昌吉回族自治州也成为新疆首个世界文化遗产、世界自然遗产"双遗产"地州。天池景区创建为全疆唯一的新疆名牌旅游景区，江布拉克国家 AAAAA 级景区创建工作步伐也不断加快。昌吉州正在致力于打造"丝绸之路经济带旅游创新区"，重点加强旅游基础设施建设，倾力打造丝绸之路新北道旅游黄金线，充分挖掘木垒、奇台、吉木萨尔三县的旅游资源，正逐步从观光游向休闲游、体验游转变从团队游向自驾游、自由行转变；从疆外游客为主向疆内外游客并重转变。

吴顺林是从邮政投递岗位上成长起来的领导干部，多年来一直在基层单位工作。在几天时间的接触中，我们发现这位喝天山水、沐大漠风长大的西北汉子，对邮政企业充满热爱，对工作充满激情，对邮政的发展充满信心。他在介绍了北庭故城后，又给我们讲了昌吉州邮政公司以及下属单位的发展情况。

这些年，昌吉邮政特别重视在"新"上做文章，充分发挥独特的文化载体作用，挖掘服务及产品优势，服务于当地文化产业和旅游业的蓬勃发展。从 2004 年始，天池景区启用邮资明信片门禁系统，门禁系统由阜康邮政局免费承建，明信片门票交由邮政统一印制，实现了自动化检票。从 2008 年至 2014 年，已制作门票 600 万枚。北庭都护府、北庭西大寺、江布拉克、奇台恐龙沟等昌吉州景区都采用了邮政明信片门票，邮政明信片文化已深深融入当地旅游经济特色中。

昌吉处于新疆天山北坡经济带、乌昌石城市群核心发展区，从东西北三面环抱首府乌鲁木齐市，具有和乌鲁木齐市同城一体发展的区位优势。大家称昌吉州是乌鲁木齐的"后花园"，也是休闲旅游的最佳去处。每到周末，驱车半个小时到昌吉游玩，是乌鲁木齐居民的最佳选择，川流不息的车辆让"美食度假尽在庭州"成为一道风景。

经过几十年的发展，昌吉州已形成了以粮食、棉花、乳制品、蔬菜等为重要产品的农牧产业，石油天然气开采及石油石化下游产品加工，煤电煤化工，有色金属冶炼，食品加工，纺织六大支柱产业。这个古代举世闻名的丝绸之路重镇，正在大踏步前进，成为通往中亚、欧洲诸国的黄金通衢。

千佛洞寺的月光

我小时候读李白的诗，因为喜欢，便熟背了许多首。2015年4月的一天，太阳红红的，风在吹，树枝正在吐着小芽儿，我来到了千佛洞寺，这个曾让李白写下脍炙人口的《静夜思》《关山月》的地方。

泥塑的8米长的睡佛慈祥地看着我，于是我虔诚地鞠躬。李白在这里住过，不知道李白是不是在这里醉过酒。后来我想，李白一定醉过酒，因为李白在这里写过诗，人们都说"李白斗酒诗百篇"，李白、诗、酒好像是联系在一起的。

寺门外老榆树的枝干上系着数不清的红绳子、红绸子，很神秘的样子。在老家我也见过这种情况，知道那树上系的都是人们的渴望和希冀！

老榆树下竖着一张大木牌，枣红色的，上面密密麻麻地写着有关千佛洞寺的历史和今天的文字。

千佛洞寺为西域古刹，历史悠久，是唐代兴建的一座高台佛寺，位于新疆吉木萨尔县城南5公里的西台地上，是中国唯一现存的甬道返回型结构建筑。

据《宋史》记载，太平兴国六年（981年），北宋使臣王延德出使北庭，自高昌金岭道越天山北上，沿途经交合州，凡六日，经金岭口、汉家岩至北庭，憩高台寺，而后始至北庭会见狮子王。

千佛洞寺是极少数未毁于东察合台汗国宗教战争的幸存佛寺之一。据《三州辑略》《新疆建置志》《新疆游记》等记载，从前并未见洞口。传说乾隆三十五年（1770年），吉木萨尔城内一个菜农患眼疾久治不愈，一日进山，眼疾突犯，疼痛难忍，就想轻生。菜农摸至山岗一棵树下，正要解带自缢，忽听人说："山下有水，洗眼可愈。"菜农甚疑，爬下山坡，果然听到水声。他想，这必然是神明指示，于是表示，如果洗愈，情愿出家为僧。菜农坐在溪边，用水洗目，疼痛很快停止，眼睛也渐渐清明，立即对空拜谢。这时土坡忽然坍裂，露出白灰墙壁，他急忙用手去刨，见有门洞，凿开洞门，就看到有一尊卧佛，佛像壁画光艳如新。菜农当日落发为僧，在洞前化缘，筹集资金，重修庙宇。

之后，千佛洞遭战火毁坏。光绪四年（1878 年），随左宗棠进疆的张道士来到千佛洞，用 10 年时间修建了定湘王庙、大佛殿，西南处修建了玉皇阁、大清殿等建筑。1933 年，马仲英久攻县城未果，就派人烧了千佛洞。1937 年，以孔才家族为首募捐补修，仅修复原来工程的二分之一。"文化大革命"期间，千佛洞的经卷、佛龛被焚毁，洞外庙宇被拆为平地。

门外老榆树挂的木牌上有这么一段文字：相传，历史上，唐代大诗人李白在此养病期间，曾写下了千古绝唱《静夜思》。《北庭文史》记载，唐代诗人李白的《静夜思》《关山月》就诞生于此地。唐代诗人岑参、唐代悟空和尚、元代丘处机、清朝大学士纪晓岚也都在此地留下了足迹。

不管怎么说，这两段文字都明确地告诉我们，李白真的来过这里。到这里来的原因则是被仇人所伤，来这里养伤。那两首脍炙人口、世代传诵的诗歌就产生在这里。

晚上，住吉木萨尔县城，我们也看到了月亮，弯弯的，白白的，亮亮的，淡淡的，充满着忧愁和哀伤。我猜想这月亮一定是李白笔下的月亮，李白看到的和写的也一定是这个月亮。因为，当时的李白在养伤，肯定有许多困惑、烦恼和忧伤，国事家事天下事他都在操心。也许就是这不圆的、忧伤的异乡月亮才勾起了他对家乡和亲人的刻骨思念，让他写下了著名的《静夜思》。

遥想着李白，我写下了这首诗，送给李白和这个夜晚：

　　　　我是来看你的

　　　　可惜错过了时间

　　　　慈祥的睡佛睡眼蒙眬一切尽在心中

　　　　老榆树枝叶繁茂

高台的风时而轻柔时而粗野
吉木萨尔的月亮时圆时缺
他们都告诉我
你来过这里
写下了《静夜思》《关山月》

其实我知道
你曾住过的房子早就被付之一炬
战火愚昧无知
不止一次地燃烧
烧成了一块平地一片焦土
只是佛是不怕烧的
佛的魂灵永存光芒
还有那棵老榆树
树被烧了根却活着
就像你的诗
你的酒你的白胡子
许多年了
还一直在人们的心中

床前明月
故乡遥远
人生苦短
诗歌神圣
不知道
你还喝酒吗
你的胡子还那么白吗

我想说
无论世事如何变迁

你的诗歌依然年轻
你的名字依然年轻
你的酒和胡子依然年轻
而且永远永远年轻
永远不会变

丝路明珠奇台县

4月下旬的一个下午，我们到了奇台县。太阳红红的，寒风不停地吹，一望无际的戈壁滩，一星绿色也没有。路旁光秃秃的大树小树在这本应芳菲正浓的时节也没有吐芽的意思。

奇台县邮政局局长在县城外的路口等候我们。他告诉我，他原籍陕西，父亲把他带到新疆，他长在新疆，工作也在新疆。也许因为和我是老乡，又在一个行业工作，这位局长非常热情，非拉着我去看新建不久的硅化木市场，一边走一边给我介绍奇台的情况。

奇台县位于准噶尔盆地东南部。东与木垒哈萨克自治县为邻，南与吐鲁番市交界，西连吉木萨尔县，北接富蕴县、清河县，东北部同蒙古国接壤。总面积1.93万平方公里，边境线长131.47公里，境内有对蒙古国开放的国家级一类口岸——乌拉斯台口岸。全县人口30万，有15个乡镇，22个民族。

奇台县历史悠久，文化底蕴深厚，新石器时代已形成原始村落。汉代属西域都护府管辖，形成了两千多年的农耕文化与草原文化交融的汉文化圈，是新疆汉文化的发源地之一。奇台县人文历史资源丰富，庙宇会馆历史悠久，县域内有汉疏勒古城、唐朝墩古城、吐虎玛克古城、东帝大庙等153处历史遗址。清乾隆三十八年（1773年）奇台建县，成为古丝绸之路上的交通枢纽和重要商埠，曾与哈密、乌鲁木齐、伊犁并称新疆四大商业都会，有"金奇台""旱码头"之美誉。

奇台县耕地面积约13万公顷，农业资源丰富，是全国优质大麦、小麦之乡，小麦产量占全新疆的十分之一，是国家级商品粮基地和全国粮食生产先进县、标兵县，也是乌昌地区重要的农产品生产加工基地。

奇台县的矿产资源储量很大，拥有以煤炭、花岗岩为主的 20 多种矿产资源，有世界上最大的整装煤田——准东煤田，预测煤炭资源量 3000 亿吨。

奇台县的旅游资源很具特色，是新疆旅游强县。南部山区是世界自然遗产观光区，有国家级森林公园、江布拉克国家 AAAA 级景区、世界最长的怪坡。中部农业区有田园风光、美丽乡村。北部沙漠有目前西部地区发现的最大的雅丹地貌区，被国土资源部命名为"新疆奇台硅化木·恐龙国家地质公园"，也是我国唯一以典型、稀有、珍贵的古生物化石和地质地貌命名的地质公园，是世界上最大的硅化木园，拥有世界第二、亚洲第一长的马门溪龙化石。奇台县素有"恐龙之乡"之称。

奇台县邮政局局长告诉我们，硅化木又名木化石，产于奇台县准噶尔盆地东部戈壁腹地人迹罕至的荒丘沟壑之中。两亿年前的侏罗纪时代，这里树木参天、湖泊荡漾、恐龙结队，生长着银杏、苏铁、柏树……突然火山爆发，森林焚毁，焦灼的树干先被湖水浸泡，又被风沙掩盖，氧化硅渐渐浸入树干。亿万年后，树干形成坚硬的含硅铁的树化石，久经风沙剥蚀露出地面，树皮和年轮完好如初。硅化木蕴含着地球演变的信息，其硬度已达到 8 级，是世界奇珍。

奇台县所在的准噶尔盆地是世界上埋藏恐龙化石较多的地区之一，堪称"恐龙故里"。20 世纪 90 年代初，这里发掘出一具很大的恐龙化石。该恐龙最大的一节颈椎骨长 1.6 米，高 1.2 米，最长的一条肋骨长 3.5 米。根据测算，该恐龙生活在距今 1.4 亿年的侏罗纪晚期，当时身长超过 34 米，躯高 10 米以上。其体高与身长均超过了原世界最大的"北美地震龙"，因此获得"世界恐龙将军"的称号，并被正式命名为卡拉麦里龙。

奇台县历史悠久，环境独特，物产丰富。奇台人自信、纯朴、大方、厚道，酒量很大。在新疆的任何一个地方，只要遇到奇台人，他总会铿锵有力地说："我是奇台人！"对家乡的自豪感溢于言表。奇台人能干会吃，很多厨师都在民间，这里有许多地方特色菜是新疆其他地方比不了的。奇台夏季的夜晚，是当地人享受美味的最佳时光。邮政局局长说，夏天的奇台，有半个城的人几乎都在饭店或夜市上。这话虽然有些夸张，却讲出了奇台人爱吃、会吃的秉性。

我早就听说奇台的过油肉有名，在新疆许多地方也见过奇台过油肉拌面馆。夜晚，我们在奇台县酒店吃了过油肉拌面，深切地感受到奇台过油肉确实名不虚传，我深信这张金光闪闪的美食名片，一定和奇台一样能走出新疆，走向世界。

第四章　阿勒泰草原

　　阿勒泰地区是草原文化的摇篮，是草原丝绸之路的必经之地。自古以来，这里就是亚欧大陆政治、文化和商贸的融合之地，东西方文明的汇聚地。

　　阿勒泰的邮驿可以追溯到元代。现存于阿勒泰市以南50公里处的大河驿遗址，就是当时设置的一个较大的驿站。由大河驿连接的东西两条驿路，不仅担负着传递军政文书的重要通信任务，而且是东西方文化交流的重要路线。在岁月的更迭中，商贾、边防将士、朝廷使者、僧侣等往来穿梭，不绝于途。

　　我去过阿勒泰多次，给我留下最深刻印象的是那辽阔的草原，奔腾的骏

马，散漫的羊群，奔流不息的河水，蒙古族的风情，牧民们的热情。

青河，蒙古语"青格里"，意为"美丽清澈的河流"，正是这条美丽的河流孕育出了青河这片洁净而富饶的土地。青河县县城周边树木成林，青河的城市公园原始自然，青河的植物种类繁多，与青河人交流，话题多是围绕着这条一年四季奔流不息的河流。我认识的几个朋友，他们家族几代人在这里工作生活，像一棵树把根深深地扎在这块土地上。梦一旦扎根，心就会扎根。有梦诞生的地方，就离天堂很近。

亲近一条河，亲近一片草原，是生活在这里的人们心中永远的情结。草原上的人在河里取生活用水，同时还在这里饮马、饮羊。每天早晨，他们赶着马车到河边取水，也赶着自己的牛、马、羊来饮水，这些牛、马、羊在河边排起长长的队伍，像是在接受一条河的检阅。

在草原，河是人的天堂，也是一切事物的天堂。只有人与自然界和谐相处，草原的天堂才更美。

走在阿勒泰边防线上

2015 年 5 月 5 日是一个晴朗的日子，我们走进了阿勒泰地区的青河县，跟随投递员开始了边疆邮路采访，经富蕴县、哈巴河县到吉木乃县，一条条漫长的邮路，一个个平凡的身影，一个个动人的故事给我们留下了难忘的记忆。

漫长的邮路

青河县边防邮路来回约 300 公里。青河县邮政局局长周凯告诉我们，投递员早晨从县局出发，要经过阿尕什敖包乡、阿热勒托别镇、查干郭勒乡，经过塔克口岸、边防连、边检站等单位。用户虽然不多，邮路却崎岖漫长，中途一座大山有 99 道弯。过去这里是马班邮路，冬天遇到暴风雪，投递员要两三天时间才能返回。2005 年这里修了柏油路，交通方便了，距离也近了一些，但是冬季风雪天，道路依然受阻。2008 年冬天，投递员刘继成投递途中遇暴风雪，汽车抛锚无法行走，这地段又没有信号，无法与单位联系，大约等了一个小时才盼到一辆过路车。刘继成让过路司机捎话给县局领导，领导及时组织救援，才使刘继成脱离危险。投递员努尔加纳提是位憨厚朴实的小伙子，平时工作很出色，我们采访他时，他说："我干的就是这工作，许多年了一直这样，习惯了，没有觉出什么辛苦。"我们启发他讲一讲邮路上遇到的困难，他抓了抓后脑勺，不好意思地笑了笑，说："2010 年 4 月的一天，我出班返回阿尕什时遇到暴风雪，风雪实在太大了，车开不动，路上的车都开不动。汽车不能熄火，怕冻坏了油箱，又担心油烧完了。人也不敢下车，当时

29

气温都零下 50 多摄氏度了，就这样一直等到第二天早晨 8 点钟，养路段的人用铲车把路上的积雪推开了，我们才回到单位。" 我们问他堵车时吃没吃东西，他笑着摇了摇了头说："没吃，我们一般情况下当天下午六七点钟就可以返回单位，没想到堵住了。"

富蕴县可可托海是国家地质公园，也是有名的风景区，湖光、山色、峡谷、树木、花草都很有特色。夏天来这里，一定能饱览大自然的美景。可是每到冬天，这里气温就降到零下 50 多摄氏度，积雪都在一两米深，这些都给邮政投递工作带来极大的困难。富蕴县邮政局局长张红梅指着对面山岭上的一片片积雪给我们介绍了这里的情况。

这座特殊的小镇，人口最多时有 4 万多人，因种种原因现在剩下了不到 6000 人。年近 40 岁的乌拉力别克 1999 年从部队复员后一直在这里工作，他热爱这块土地，更热爱邮政工作，每天上午开门营业，下午带上邮件去投递，全部业务一个人承担。因为这些特殊的原因，他几乎没有休息日，节假日都在加班。当我们问起他冬天给边防连、边检站送邮件的情形，他毫不含糊地对我们说："那是任务，必须的！"是的，乌拉力别克在工作上从来没含糊过，面对崎岖难行的山路，面对暴风雪，面对寒冷的天气，他每次出班都要穿上棉大衣、大头鞋，戴上棉帽子，在屋子里发动好摩托车，然后开出去，把邮件送到边检站和边防连，从来没有积压延误过。摩托车不能开的时候，他也要租上当地人的越野车按时把邮件送到边防战士手中。

哈巴河县邮政局有一条通往边防站的邮路，投递员跑一次邮路要走近 200 公里的路程。这里山大坡陡，道路崎岖难行。每到冬季大雪就把路封死了，漫山遍野都是一人多深的积雪，山里的牧民只能待在家里，盼望投递员给他们送来信息，捎来生活用品。投递员杰恩斯别克告诉我们，他的父亲当年也是投递员，骑着马在山里的邮路上奔波了一辈子。1989 年，他接过父亲的邮包和马，接着在这条邮路上投递邮件，直到这里修上了柏油公路。1996 年 1 月，没完没了的大雪下了七天七夜，杰恩斯别克清楚风雪中行路艰难，牵了两匹马和爬犁子上了邮路，他知道邮路上的牧民和边防站官兵在等着他、盼着他。但风雪并没有因他的认真执着而停止，平时一天走完的路程，他走了两天才到了阿克布拉克村，这个村有他的好朋友阿赛尔，他打算在阿赛尔家休息一晚上，再往边防站上送邮件。当他走到阿克布拉克村村口时，一匹马因为饥饿倒在了雪窝里，杰恩斯别克也累得走不动了，他觉得头昏眼花，两腿酸软，没走到阿赛尔家门口就晕过去了。阿赛尔和妻子古米丽拉发现后急忙把杰恩斯别克扶到家里，又烧奶茶又做饭，第二天早晨他才恢复到正常状态。

这样的故事有许多，邮路上的牧民、边防官兵都能讲出一串来。

投递员就是通行证

5月6日中午，我们在塔克什肯边防连和战士们座谈时，士官师鑫鑫说："我们非常感谢投递员，投递员是绿色名片，也是通行证。"这样的话，我们在采访中听到了很多，因为投递员的认真负责、忠诚踏实，因为投递员对边防官兵和邮路上群众的热爱和付出，他们的工作得到了大家的充分认可和高度信任。这是他们用热情的服务和辛勤的劳动换来的。

士官葛长春说，他到部队后，认识的部队以外的第一个人就是投递员努尔加纳提，他们连队的官兵都很喜欢努尔加纳提。大家的信件、包裹、报纸杂志是努尔加纳提送来的，在县城买的东西是努尔加纳提捎来的，大家急需的东西努尔加纳提也会跑几十公里路专门送上山来，每到困难时候，都是努尔加纳提来帮忙。葛长春在连队负责水电暖的维修，在县城买的许多东西都是努尔加纳提带上山的。一次，连队的水泵坏了，缺少零件无法修理，他很着急，就给努尔加纳提打电话请求帮助，努尔加纳提饭也没顾上吃，买了零件就送到了连队，保证了连队正常供水。炊事班长非常感动，亲自动手给努尔加纳提做了碗热腾腾的面条，要努尔加纳提以后来送邮件在连队灶上吃饭。努尔加纳提和战士们熟悉了，感情加深了，每次到连队，哨兵都主动开门迎接。

我们途经达巴特村时，努尔加纳提要给一位哈萨克族老人送邮件，我们就跟着他进了老人的家。老人竖起拇指夸奖努尔加纳提是个好巴郎子（小伙子）。老人65岁了，身体有病，腿脚也不方便。这些年，努尔加纳提每次经过达巴特村都来看望老人，除了帮老人在县城代买药品，还帮老人买面粉、茶叶等生活用品，有时还帮老人干活，老人非常感动。

吉木乃县恰勒什海公安边防派出所同时承担着边防检查站的职能。这里

31

距县城 18 公里，过去交通不便，信息闭塞，唯一能沟通他们与外界的就是邮政投递员。这里几乎没有春天，冬天的时间很长，一年四季刮大风，特别是当地人所说的"闹海风"，有时在 10 级以上。人无法行走，摩托车骑不成，汽车也开不成，但是邮政投递员克服重重困难，保证了这条邮路的畅通。

负责宣传的干警王友波说，邮政局的投递员工作十分认真，无论天气多么不好，都从不积压延误报刊邮件。他非常信任邮政局的人，干部战士的工资卡用的都是邮政储蓄的。有时他们还会把钱、卡、密码都交给投递员，让投递员代替他们办理存取款业务。王友波经常给报社投新闻稿，最关心的就是自己采写的稿子发表了没有，所以对投递员有一种特殊的感情。一天，他正盼望投递员把刊登自己稿子的报纸送来，忽然刮起了"闹海风"，王友波估计当天是看不到报纸了，没想到风刚减弱，投递员就来了。

绿衣红娘

塔克什肯边防连翻译布仁巴特如今已经是副团级干部了，但是他永远忘不掉 10 年前他在青河县城遇到的投递员刘继成。那天，他休完假赶回部队，在县城大街上寻找上塔克什肯的汽车，一位身穿邮政制服的中年人主动走上来问他是不是回部队，要不要搭顺路车。就这样，他和热情善良的邮政投递员刘继成认识了。也许是缘分，两个人一见如故，一路谈得十分投机。当刘继成得知布仁巴特大学毕业刚到部队，还没有女朋友时，就主动提出给布仁巴特找女朋友。过了约一个月时间，他就把邮局的一位女营业员介绍给布仁巴特。因为部队有纪律，不让军人下山，刘继成就把姑娘带上山与布仁巴特见面。两个人的事情定下了，刘继成第一次尝上当红娘的滋味。不久，他又搭桥牵线，给布仁巴特的一位战友也找上了女朋友，姑娘也是青河邮政局的职工。刘继成因此出了名，县邮政局与塔克什肯边防连的关系更亲密了，两位军人的女友是投递员刘继成介绍的，两对年轻人的婚事也是邮政局的干部职工操办的，婚礼既简单又热闹，至今大家谈起来还津津乐道。

讲完这段故事，布仁巴特的脸泛起了红光，他感谢刘继成，感谢邮政局，说自己是邮政局的家属，也是邮政局名誉职工，还说与女朋友谈恋爱时他还学会了不少邮政业务呢。至今，布仁巴特和刘继成依然是好朋友，每次下山都会去看望退休了的刘继成。

军营里的歌声

5月6日下午，我们在塔克什肯边防连采访，巧遇阿勒泰地区邮政公司在这里举办集邮展览。连部一楼大厅里摆满了邮集、展框，有展现军队风采的，也有以地方风物、花鸟、人物为主题的。干部战士兴趣盎然，把小小的临时展厅挤得水泄不通。不少战士还不停地向邮政工作人员询问集邮知识和邮品的价格。集邮展览我们平时见过不少，但是专门为一个连队官兵办集邮展却是第一次见，场面着实令人激动。阿勒泰地区邮政公司总经理常新磊告诉我们，他们几乎每年都举办集邮文化进军营活动，主要对象就是边防连、公安边防派出所、边防检查站、口岸这些特殊单位的特殊用户。果然，邮展结束后，阿勒泰地区邮政公司又在边防连连部二楼会议室举办了集邮知识讲座，授课的是地区邮政公司经理，一位年轻精干的女同志。讲座时间大约30分钟，但是把邮票、集邮的基本知识、益处、要领，以及邮票的整理、收藏注意事项讲得清清楚楚。听众是清一色的部队官兵，会场座无虚席，鸦雀无声。我们坐在最后一排，接受了一次集邮知识教育。

5月9日，我们采访了恰勒什海边防派出所、186团邮政所、农垦186团、边防会晤站、口岸，参观了186团团史展览、国门、界碑、边境桥和会晤室后，天色已经不早了，阿勒泰地区邮政公司副总经理又带我们进了边防检查站。该站副站长鲁杰给我们介绍了边检站基本情况，政治部主任孙磊带我们参观了他们的文化长廊，然后我们一起来到他们办公楼三楼的大会议室。会议室已经坐满了人，多是解放军官兵和武警战士，还有一些普通群众。会场的横额上写着"民族团结、军民共建、军民联谊会"。吉木乃县邮政局局长告诉我们，联谊会是吉木乃县邮政局和边检站、边防连、口岸几个单位联合举办的。我们仔细一看，发现我们上午采访过的几个单位的领导都坐在前排座位上。

这是一场别开生面的联谊会，演员是部队官兵、邮政局职工，还有县文工团的几个演员。节目有传统的也有现代的，内容丰富、形式多样，上下互动、气氛热烈，充分表现了部队官兵和老百姓的军民鱼水关系。节目演完了，观众还不想离去。边检站政治部主任在送我们上车的时候说："我们和邮局的关系确实很亲密，这样的联谊活动年年搞，部队官兵很欢迎，时间长了，不搞个啥活动大家还问呢!"

青 河 悠 悠

　　青河县位于新疆维吾尔自治区东北部，在准噶尔盆地东北边缘，西邻富蕴县，南邻奇台县，东、北两面同蒙古国接壤，边境线长 280 公里。青河县居住着哈萨克族、汉族、蒙古族、回族、维吾尔族等 16 个民族的人民。

　　青河，蒙古语"青格里"，意为"美丽清澈的河流"。

　　青河县属大陆性干旱气候，四季变化不明显，空气干燥。冬季漫长而寒冷，风势较大，夏季凉爽。

　　夏日的中午，我们走进青河县城，太阳烈烈的。一路走过的全是戈壁荒丘，青河县城周围的山水却出奇地清秀。青河朋友热情好客，一下车就带我们参观县城城区。

　　青河县城不大，大小两条河流分别从城东、城西流过，这样，一座小小的县城既得了水的滋润和灵气，又有了山的庇护和厚重。所以，青河人骨子里就沉淀了山的厚重与水的灵秀，温厚有礼、昂扬奋发、从容安然，又古道热肠。

　　青河的环城路路边是山，陡坡绿草翠树间，一条清冽的河流喧哗着挂出一道水帘，青河人顺势给那草地上铺了条花砖小径，安放一张石桌，围几墩蘑菇小凳，行人累了就有歇脚的地方。最难得的是，穿城而过的河里居然还有游鱼。如此妙趣，人行其间，犹如进入画中。

　　有水就有树，青河县城被葱茏青翠的树木包围着，不管你走到哪里，都能听到鸟儿的鸣叫。天林岛、白桦园、山楂园、青龙湖公园……休闲与赏景的去处随便就能走到。县城不大，人也不多，汽车可以数得过来。城市没有污染，空气十分干净，据说冬天的雪洁白晶莹，下雪时青河到处是银色的世界。

青龙湖是青河县城的最大景观，青龙桥宛如一道彩虹飘落在青龙湖上。桥是供人行走的，可是走上桥的人都不由得停下脚步来赏景，此时他们并不知道，桥上看风景的人也成了别人的风景，桥下休闲的人又成了桥上行人的风景。夜晚，湖上水波激滟，灯影如虹。沿湖的各种路灯、景观灯，以及青龙桥上的灯与水中灯影交相辉映。湖边的彩色小亭子轻盈灵动，也活了起来。

走过青龙桥再往北走，东面是绿茸茸的山包，里面石砌小径通幽。登上山顶见一大亭，低头往下看，就是青龙湖与小青河接口处的桥了。过桥后，沿石砌小路登上青河大山，就看到青河人巧妙利用天然平整大石修建的极其自然干净的石台。这些石台大的可以坐20多人，小的也可以坐七八个人。山顶上建有亭子数座，雕梁画栋，飞檐翘脊，与另一座山顶上的亭子遥遥相望。

青河人的日子过得质朴认真，他们有善心，有气节，不谄媚，不卑怯，内心坚强而光明。生活成全了他们温厚的人生、丰满的心灵。青河人努力工作着，谋自身的温暖，也尽可能地给别人以温暖。这里生活着因收养来自四个民族的10多个孤儿而名扬华夏的伟大母亲阿尼帕·阿力马洪；三十年如一日照顾丈夫一家四口病弱残障人的好媳妇古丽娜孜·恰离谱别克；还有许许多多的青格里人，用最本真的善心、善行诠释着大爱无疆的理念。我们有幸拜访了阿尼帕老人，老人热情地接待了我们，并且给我们介绍了她家的情况。

走过青河县城的大街，我们深切地感受到这里原生态哈萨克族文化氛围的浓厚，街头的雕塑、路边的建筑、广场上演出的文艺节目都展现着青河无可复制的文化特色。正是草原文化、丝路文化、哈萨克族文化，催生出了青河的特色文化——既弥漫着乡野的泥土芳香，又散发着现代前卫的蓬勃朝气。

蓝天如洗、树木葱茏、山水环绕、人文荟萃的青河县，有着太多令人着迷的元素。青河朋友介绍说，青河是中国的阿肯之乡、阿魏蘑菇之乡、绒山羊之乡。县境内矿产资源丰富，有煤、金、银、铁、铜、白云母等60多种。有大青河、小青河、查干郭勒河、布尔根河4条支流和乌伦古河干流横贯境内。青河还有草原石人、古栈道、三道海子古墓群和鹿石崖画，以及壮观奇险的地震断裂带、"天外来客"陨石群、熊猫山等自然景观。

青河的夜很静，半夜里能听到数声犬吠，天微微亮时又有雄鸡司晨，这情境让人分不出是在城市还是乡村。

吉木乃风云

我们站在水泥底座、汉白玉桥身的吉木乃中哈会晤桥上，是在 2016 年 5 月 9 日的下午。望着不远处红黄相间、具有浓郁民族特色的古老国门，我们的眼前一直浮现着民国邮差们牵马过桥送邮的画面。

吉木乃口岸的历史，是以通邮为基础的，曾经历了被俄国"客邮"侵权的屈辱。

1913 年，阿勒泰地方长官帕勒塔背着民国中央政府擅自和俄国签约，允许在承化寺（今阿勒泰市）设立俄国邮局，开辟承化寺至吉木乃边境邮路，沿途设立邮台 8 站，每站划给草场，盖有房屋。俄国邮局廉价雇佣中国人充当邮差，租用当地牧民马匹运送往返邮件，侵犯中国邮权达 8 年之久。与此同时，帕勒塔还擅自与俄国签约，允许俄国轮船在额尔齐斯河航行。1917 年，俄国十月革命成功，列宁正式宣布放弃沙俄时代在中国的一切特权，驻阿勒泰俄兵撤回，阿勒泰"客邮"一度废停。但时隔不久，驻阿勒泰俄使不甘心放弃对中国邮权的侵犯，重新整顿邮路，继续经营"客邮"。

1919 年，民国中央政府将阿勒泰地区正式划归新疆管辖，设置新疆省阿山道。新疆都督杨增新为维护中国邮权，撤除沙俄设在阿勒泰的"客邮"，当即令首任道尹周务学先将划给俄国的草场查明，如数收回，并严令当地部落头人不准部落人民充当俄国邮差，不准租给邮运马匹，使俄国邮差、邮马两穷。同时杨增新给交通部递交了《请将吉木乃邮权收回》的呈文。尽管杨增新和周务学为撤除俄国在阿勒泰设置的"客邮"采取了一定的措施，但俄国领事馆以中国在吉木乃未设立国际邮件交换局，俄邮件无法传递为借口推诿，直至 1920 年才撤销"客邮"。

此后，吉木乃就成为与俄国通邮的重要通道。1920 年，吉木乃设国际邮件互换站，阿勒泰、布尔津邮局收寄俄国的邮件由吉木乃交换站进行交换。1937 年，吉木乃县国际邮件交换站停办后，阿勒泰地区收寄的苏联邮件由迪化局经转。1945 年设吉木乃县邮电局兼国际邮件交换站，阿勒泰地区收寄苏联邮件，与苏联进行交换。

中华人民共和国成立后，1950 年 2 月，阿勒泰地区国际邮件互换局和吉木乃县国际邮件交换站成立后，阿勒泰地区各局收寄的邮件直封阿勒泰局汇封总包后运往吉木乃交换站与苏联进行交换。1954 年 9 月，阿勒泰国际邮件交换局改设布尔津，全地区收寄苏联的邮件改封布尔津汇封总包后，仍运往吉木乃站与苏联交换。1955 年，吉木乃成立国际邮件互换局兼交换站，阿勒泰各局收寄苏联邮件直封吉木乃，由吉木乃直封苏联莫斯科、阿拉木图、塔什干国际邮件互换局，均在吉木乃站与苏联交换。阿勒泰地区收寄其他国家及中国港、澳、台地区的邮件直封乌鲁木齐国际邮件互换局经转。

1962 年，由于中苏关系恶化，中断贸易和人员往来，最后一趟邮班出关后，吉木乃邮政业务从此停办，至今未开通。1966 年 6 月，吉木乃国际邮件互换局兼交换站撤销后，阿勒泰地区所有国际邮件均直封乌鲁木齐国际邮件互换局经转。

年届 86 岁的邮电离休老干部梁捷胜曾经在吉木乃县 186 团国际邮件互换局工作过。他告诉我们，他从哈巴河搬家到吉木乃，当时的交通工具只有马车。那是个冬天，60 公里的路程走了整整两天，走到布尔津时他和家人就冻得晕过去了，还是布尔津邮电局的同事们把他们接到邮电局休整了两天，他们一家人才从布尔津赶到了吉木乃。在国际邮件交换局，他主要从事分拣工作，当时吉木乃邮件直封苏联莫斯科、阿拉木图和塔什干，一周两班，邮件有信件、包裹、银行票据，还有可可托海的矿石等。

中华人民共和国成立初期，吉木乃县有 3 条马班乡村邮路，全长 195 公里。

"吉木乃"是"吉别乃"的音译演变，为公元 6 世纪乌古斯部落联盟九姓氏族之一。清光绪九年（1883 年），由于清政府腐败无能，俄国指塔尔巴哈台山沟为中俄分界，强加于清朝政府，于是吉木乃城就东迁到乌勒昆乌拉斯图河东岸，即现在的"老吉木乃"。1930 年 10 月，吉木乃升格为县，属于当时的阿山道管辖，县政府设在老吉木乃 。1931 年，老吉木乃正式成为通商口岸，并划定为自由往来贸易区，是当时中苏之间邮政、商贸的主要通道之一。

吉木乃口岸是新疆通往俄罗斯的 6 条主要通道之一，为公路口岸，同哈萨克斯坦共和国东哈萨克斯坦州毗邻。1991 年口岸开通临时过货。1992 年 8 月，中哈两国政府签署协定，同意吉木乃口岸为双边常年开放口岸，允许中哈两国人员、货物和交通工具通行。1994 年 3 月，国务院批准该口岸对外开放。1997 年 11 月，通过国家验收，该口岸正式开放。2002 年 1 月 4 日，中哈两国政府达成协议，同意吉木乃口岸向第三国人员、货物和交通工具开放。

2014 年 8 月，吉木乃口岸"三日免签"政策正式实施，吉木乃口岸成为新疆第二个、阿勒泰地区第一个对哈国公民实施"三日免签"政策的陆路口岸。

在吉木乃边境线上，吉木乃边防站主要担负边境执勤、会晤联络和口岸通邮通商检查任务。"我家就在路尽头，界碑就在房后头"，"边境线上种庄稼，界河边上放牛羊"。新疆生产建设兵团第 10 师 186 团也驻守在国境线旁，与哈萨克斯坦共和国一河之隔，是典型的边境一线兵团团场。在诺亚堡哨所旁建设的红色戍边文化馆里，副政委李绍廷向我们介绍了 186 团 50 多年来，三代军垦战士守边、护边、爱边的光辉历程，"半碗黄沙半碗风，半个百姓半个兵；多少战士思乡梦，房在亘古荒原中"是这里真实的写照。

听官兵们讲述吉木乃口岸的历史、故事，看国门、中哈会晤桥、中哈界碑、二连龙珠山地道、北沙窝哨所、戍边文化馆等一个个边境"卫士"，我们一直被震撼着、感动着。那些艰苦的岁月，那些军民团结戍边的故事，就像乌勒昆乌拉斯图河的水，永远奔腾不息。我们永远不会忘记！

美丽的哈巴河

　　哈巴河县位于阿尔泰山南麓，新疆西北边缘，西与哈萨克斯坦，北与俄罗斯接壤，边境线长282.6公里。东与布尔津县，南与吉木乃县为邻。

　　哈巴河县总面积8180平方公里，辖4乡3镇96个行政村和兵团十师185团，生活着哈萨克族、汉族、回族等23个民族8.77万人。哈巴河县是我国重要的有色金属蕴藏区之一，已发现的矿种有32种，尤其以铜、金储量大、品位高而著称。哈巴河县经济以农牧业和有色金属矿采选业为支柱产业。

　　哈巴河县因哈巴河而得名。哈巴系蒙古语，意为河床坡度大，多跌水；一说意为鳊鲅，是一种小鱼，因此河产此鱼，故名。又名阿克齐，哈萨克语，意为白芨芨草，过去该地是芨芨草滩，故名。

　　哈巴河县历史上曾生活过塞种人、匈奴人、西突厥人、鲜卑人。唐朝时哈巴河县隶属于北庭都护府。元朝哈巴河县境归别失八里等处行尚书省。清朝由定边左副将军统领。哈巴河县清初为青色特启勒图盟新土尔扈特部游牧地。清光绪二十九年（1903年）设哈巴河屯局。1912年置哈巴河设治局。1920年隶属布尔津县。1921年设哈巴河县佐。1930年升格为县，先后隶属阿山道、第六行政区。中华人民共和国成立后相继隶属阿勒泰专区和阿勒泰地区。哈巴河县辖阿克齐镇、萨尔塔木乡、加依勒玛乡、库勒拜乡、萨尔布拉克镇、铁热克提乡、齐巴尔镇。

　　哈巴河是哈巴河县的母亲河，当我们走进哈巴河县时，最想了解的自然是哈巴河。

　　哈巴河有许多支流，上游支流很多，其中有7条较大的河流被称为"哈巴"，它们分别是纳尔森哈巴、铁木尔特哈巴、那仁哈巴、哈拉哈巴、铁热克提哈巴、莫依勒特哈巴和加曼哈巴。

纳尔森哈巴源于纳尔森雪山，从 30 米高的悬崖倾泻而下，是哈巴河最高源头。两岸风景优美，野生动植物种类繁多，生态环境完好。铁木尔特哈巴发源于哈萨克斯坦国境内，向东进入我国后汇入阿克哈巴，即白哈巴。传说古突厥人曾在铁木尔特哈巴河边炼铁，因此得名（在突厥语里，"铁木尔"即铁）。那仁哈巴发源于哈巴河县北部山区，流经那仁夏牧场汇入阿克哈巴，总长 30 多公里。河流两岸分布着雪山、草原，盛产雪莲、党参和松果，是著名的旅游胜地。那仁，蒙古语是"太阳"的意思，而在哈萨克语里则是"高"的意思。纳尔森哈巴、铁木尔特哈巴、那仁哈巴，这 3 条河流在哈巴河上游交汇，向下流淌一段后水色变白，人们把这段白色河流称为"阿克哈巴"，汉族同胞则将其叫作白哈巴。

哈拉哈巴发源于哈萨克斯坦国境内，向东流入我国后，在铁热克提乡西南方向汇入哈巴河，哈拉哈巴支流在哈巴河县境内长约 10 公里。由于河水有点发暗，与哈巴河上游不远处汇入的阿克哈巴形成鲜明对比，故而得名。"哈拉"在哈萨克语里是黑色的意思。

铁热克提哈巴发源于哈巴河县东北部山区，长约 50 公里，于铁热克提乡西南方向的上述"黑""白"两河河口下方注入哈巴河。"铁热克"在哈萨克语里是杨树的意思，因该河两岸杨树茂密而得名。此河有一条从东北方向流来的支流叫"杰别特"。

莫依勒特哈巴发源于杰别特河上游以东，于铁热克提河河口下方汇入哈巴河，长约 20 公里。此河因两岸一种叫"莫依勒"的野果树茂盛而得名。

加曼哈巴发源于哈巴河县境内，长约 20 公里，位于县城以北 30 多公里处，由西向东汇入哈巴河。由于该河两岸地势险要，牧民搬迁时非常难走，因此起名"加曼哈巴"。"加曼"一词在哈萨克语里是"不好"的意思。这条河沿岸山泉很多，其中一些温泉非常奇特。传说在很早以前，有位猎人用箭射伤一只野鹿，并跟随血迹追踪。当他追到一条山谷时，远远发现那只鹿将伤处浸在从悬崖上喷出的水里，等他好不容易赶到时，野鹿早已跑得无踪无影。从此，人们非常喜欢那里的山泉，经常去疗养治病。

哈巴河县不仅有这些美丽的"哈巴"，而且山区松林密布，冰川众多。还有白桦林、白沙湖、鸣沙山、齐也村镜泉、哈龙沟怪石、那仁夏牧场等景点。

白沙湖是一个被沙丘环绕的沙漠小湖。白沙湖南北长约 0.8 公里，东西宽约 0.5 公里，形状像豌豆，东面凹进。关于白沙湖的成因，未见相关资料，据实地考察，湖四周没有明显进水道。沙漠中独生一池深水，可能为构造断裂湖，由地下水渗出汇聚而成。环湖分布着不同生境的几层植被，湖周 50 米以外，沙丘上生长着爬地柏，丘间地生长着额河杨、山植、白柳、绣线菊等植物，植被覆盖率约 50%。湖周 50 米以内生长着高大茂密的银灰杨、白杨、白桦，是混生林带。湖水四周环生着密密丛丛的芦苇、菖蒲等水生植物，而湖心则有几片星星点点的野荷花，时有水鸟、野鸭游嬉水中。

白哈巴村被称为"西北第一村"，村中原始木质尖顶建筑保存完好，已成为游客去喀纳斯湖周边旅游的一个重要去处。浓郁的哈萨克乡情和图瓦人风情，以及原始的村落面貌强烈地吸引着游客，这里已建成白哈巴度假村。

那仁夏牧场位于哈巴河县北部山区相对平缓的山间盆地之中，海拔 1390米，那仁河缓缓流过，水草丰美，牛羊成群，花海草浪的尽头是由云杉、冷杉、红松等珍贵树种组成的一望无际的西伯利亚泰加林。

桦林度假村位于哈巴河县的库勒拜乡境内，有二级柏油马路从桦林中穿过，白桦林带长约 28 公里，宽约 1.5 公里。

哈巴河县，一块古老的土地，一片美丽的净土，有许多奥秘和神奇，有许多故事和传说……

第五章　塔城和《江格尔》

在塔城，我们走过好几个县，见识了塔城的人文地理、风土人情，还有挺拔的白杨、烂漫的山花，但听当地人说得最多的则是"江格尔"。江格尔是人名还是地名？直到参观了江格尔宫，我们才知道《江格尔》是我国三大民族英雄史诗之一，千百年来，以口头文学的形式在蒙古族人民中世代传唱，流传至今。因为《江格尔》在塔城地区的和布克赛尔蒙古自治县流传年代长久、收集章节最多，也因为和布克赛尔有关江格尔的民间传说、遗迹众多，和布克赛尔被中外学者和专家认定为《江格尔》史诗的故乡。

《江格尔》以叙述英雄的传说和重大事件为主题，通过传奇动人的情节和优美动听的语言，形象地描绘了古代蒙古社会生活，记叙了卫拉特蒙古人民反抗侵略、与内部邪恶势力斗争的故事，反映了他们渴求和平幸福生活的美好理想。

在塔城，我们认识的蒙古族人和在这里工作、生活的汉族同胞，都知道《江格尔》，都会唱《江格尔》的一些片段，都能讲出《江格尔》的一些故事。江格尔是他们的英雄偶像，又像是他们的亲戚或是邻居。时代变迁，朝代更迭，《江格尔》仍然以其不朽的生命力、感人的艺术魅力传唱不衰，成为蒙古族人民心中永恒的经典。

白杨树下的绿房子

　　裕民县 204 边防站小白杨哨所原名为塔斯提哨所。20 世纪 80 年代初，小白杨哨所锡伯族战士程福胜回家乡伊犁探亲，把哨所缺水、无树木花草的环境和官兵卫国戍边的事迹讲给母亲听。母亲很感动，鼓励程福胜扎根边疆，安心干好工作，为祖国守好边防，归队时让他带 10 棵杨树苗到哨所栽种。程福胜归队后，和战友们一起把杨树苗栽在了营房旁。哨所干旱缺水，战士们吃水要到一公里外的布尔干河去挑。战士们坚持把每天洗脸、刷牙节省下来的水用来浇灌小杨树，但小杨树还是难以忍受干旱、风沙和严寒的肆虐，9 棵小杨树相继枯死，只有一棵顽强地活了下来。1983 年，诗人梁上泉到新疆采风，为小白杨的事迹所感动，创作了歌词《小白杨》。1984 年，著名歌唱家阎维文唱了这首歌，很快这歌就唱遍了祖国的大江南北，塔斯提哨所也因此改名为"小白杨哨所"。

　　小白杨哨所的战士扎根边疆、守望边疆，日夜为祖国守卫边防的感人故事，全国人民都知道了。为边防官兵和群众传递信息、投递包裹和报刊信件的邮政职工也扎根边疆，他们的工作和生活中，会有怎样的感人故事呢？

　　裕民县位于塔额盆地南缘，准噶尔盆地西缘。南、东邻托里县，东北与额敏县毗连，北与塔城市相邻，西部、西南部与哈萨克斯坦共和国接壤，边境线长 146.5公里。

　　裕民县县城距小白杨哨所 70 多公里，投递员跑邮路要途经察汗托海、阔勒板和哈拉克米尔等几个村镇才能到达。这里山大沟深，没修柏油路时交通十分不便。夏季多雨，山路泥泞，寸步难行；冬天下雪，道路常常被封，人出不了山，给哨所和沿途单位、群众投递邮件只能靠骑马。为了保证投递的时间和质量，县邮政局专门养了三匹马，安排踏实肯干的哈那提拜·阿汗跑这条邮路。哈那提拜·阿汗因工作表现突出被评为新疆维吾尔自治区劳动模范。

去小白杨哨所的路上，裕民县邮政局领导简要给我们介绍了这里的情况。哈那提拜·阿汗是一位非常纯朴的哈萨克族汉子，既是投递员，又是饲养员，一周跑一次邮路，自带干粮、水壶。夏天骑马一个班来回走三天，冬季用马爬犁运送邮件用的时间就更长。最冷的时候，哈那提拜·阿汗要穿厚重的羊皮大衣，马也要裹上厚厚的毛毡。就这样，哈那提拜·阿汗在风里、雨里、冰雪里跑，一直到县邮政局购买了北京212吉普车，马班邮路的历史才画上句号。

1990年，这里的山路拓宽了，投递员用上了人们羡慕的吉普车，哈那提拜·阿汗改行做了其他工作。可是拓宽的山路由于依山而建，又是土路，暴雨和风雪天依然是汽车司机兼投递员最怕遇到的。1996年初冬，这里下了一场大暴雪。当时邮车被困在路上，很快就被雪埋住了。邮车司机当机立断，扛上邮件步行到两公里外的邮政所，通过电话向县邮政局领导进行汇报。县局领导借了一辆大马力的军用野战炮牵引车，组织了10个精壮小伙子，带着除雪工具和干粮，第二天天一亮就赶往汽车被困地点。那里距离县城28公里，他们一路破冰除雪，艰难行进，依靠人推车拉将深陷在积雪中的邮车"救"了出来。当大家拖着疲惫的身体回到县城时已是当天深夜了。

事情虽然有些久远了，但是裕民县邮政局上了年纪的职工还依然记得。

中午，我们到了小白杨哨所，边防连负责宣传的同志热情地接待了我们，介绍了哨所的情况后，带我们参观了小白杨展览馆。战士们工作非常忙碌，我们只能在他们打扫卫生的间隙与几个入伍不久的小战士进行了交谈。在展览馆的人物介绍里，我意外地发现，小白杨边防连的第一任领导是陕西人，瞬间，可爱的小白杨哨所一下子和我拉近了距离。

也凑巧，新疆维吾尔自治区邮政公司党组副书记、副总经理王润泽从上海出差回来后，也赶来参加边防邮路采访。此时，裕民县邮政局正在这里举办"集邮文化进军营"活动。在活动现场，我们采访了连队负责宣传的战士们，他们讲了小白杨哨所及哨所与邮政投递员的故事，对邮政的服务工作给予了了高度评价，多次提到投递员王菊琴热情为官兵服务的事情。

下午 2 点多，我们在山窝里一家饭馆吃了午饭，利用饭后休息的时间，采访了王菊琴和跑这条邮路的邮车司机阿黑·依哈提。王菊琴是哈拉克米尔邮政代办所的代办员，哈拉克米尔距离小白杨哨所最近，代办所的房子是 30 年前县邮政局建设的砖混结构的房子。这里也是农垦 161 团二营的所在地。王菊琴是个非常精明强干的女人，从事邮政工作已经 10 年了，10 年来她独自一人承担着这里 7 个农垦连队、一个边防派出所和边防连的邮政通信服务工作。她除了在邮局坐班，每周一、三、五还要给单位和群众投递邮件，一趟邮班行程约 240 公里。她有时借助县局的邮车投递邮件，有时让老公开汽车投送邮件，更多时候则是自己骑着摩托车投递邮件。这一带地广人稀，山高坡大，一个人上路只有寂寞陪伴，遇到困难也只能自己一人解决。特别是冬天，大雪下两三天都不停歇，积雪足有一米多厚。那个时候，天地间白茫茫一片，分不清哪儿是路哪儿是沟，所有人都关门闭窗，坐在家里取暖。王菊琴依然顶风冒雪奔走在邮路上，直到实在走不动了，才停住脚步。可是，当养路段的人用铲车铲开积雪后，她又第一个走在邮路上。

2013 年 12 月的一天，王菊琴在给小白杨哨所投递邮件的路上遭遇大风雪，13 公里的路走了整整一天，返回时，天已经黑了。她拖着沉重的双腿走到了途中的姨姨家，姨姨帮她取下身上背的邮包时，她一屁股坐在地上不能动了，姨姨赶忙端来热水给她喝。她要姨姨先拿个馒头来，原来她这天一口水没喝，一口饭没吃，饿得实在不行了。姨姨又是心疼又是气，说她不该大雪天出来送信，不顾自己不顾家。王菊琴这才记起，孩子还等着她回家做晚饭呢！大雪封山，交通阻塞，王菊琴只好在姨姨家住了一晚上。第二天天刚亮她就要往回赶，姨姨担心雪路不好走，要她中午再回去，她说代办点要开门营业，用户们都等着她，时间耽搁不得。姨姨知道她的脾气，只好看着她背着邮包走进了雪野。

多少年了，王菊琴就是这样认真负责地工作着，忙起来家里的事情都很少顾及。接手代办点那年，她的孩子才一岁多，为了保证邮政投递的时间和质量，她常常忙得忘记照顾孩子，实在脱不开身时就把孩子放在公婆那里，好在爱人和公婆都理解她。

不了解王菊琴的人，都以为她是个粗心人，了解她的人都说她是个细腻有爱心的人。2011年8月，王菊琴发现边防连一位湖北籍的小战士家中经常寄东西来，吃的、穿的、用的都有。经了解，王菊琴知道这位小战士刚入伍，不适应这里的环境和生活，工作不安心。家里父母不放心，就经常寄东西给儿子。搞清这些情况后，每次这位小战士的包裹到代办所，她都主动与小战士联系，及时将包裹送到小战士手中。小战士为王菊琴的精神所感动。王菊琴借机给小战士讲道理，开导小战士，小战士的包裹渐渐少了，与王菊琴联系的电话却多了。看着这位小战士的变化，王菊琴自己的心里也踏实了。

2012年6月的一天，哨所一位战士连续打了几个电话询问王菊琴网购的药品到了没有，通话中王菊琴发现这个战士很着急，猜想一定是有急用。第三天中午，县局邮车送来邮件，王菊琴发现有这位战士的包裹后，饭也没顾上吃就骑着摩托车往哨所赶。这位战士很感动，握着她的手连连说谢谢。王菊琴的事迹也感动了我们，我们称赞她的时候，她说："都是些小事情，都是应该做的，哨所战士很辛苦，能为他们做些事情，我就最高兴了！"

采访了王菊琴，我们和跑县城至哈拉克米尔邮政代办所这条邮路的汽车司机阿黑·依哈提进行了交谈。阿黑·依哈提是位哈萨克族职工，1989年从技校毕业后参加邮政工作，2004年开始在这条邮路上开邮车。这位长得很结实的中年汉子，说起话却很腼腆，我们和他谈了好一会儿，他才讲了一件事情。

2009年春节前夕，阿黑·依哈提出班途中遇到了暴风雪，风大雪急，白茫茫的世界一片混沌，汽车无法行驶。他先给县局领导打电话请求援救，然后一个人背起60多斤重的邮袋往察汗托海邮政所送。10多公里的山路走了3个小时，他终于把邮件送到察汗托海邮政所，自己却成了一个雪人。察汗托海邮政所的同事劝他雪停了再走，他说车还埋在雪里，要回去看守，说着又踏上了返回的路。天完全黑了的时候，阿黑·依哈提赶到了汽车被困的地方，与县局赶来救援的同事一起把邮车拖出了雪窝。

阿黑·依哈提讲完后，再没有说自己的事情，却告诉我们，在他开邮车之前，董爱林、田桂宾、魏兴也跑过这条邮路，还有161团一营阔勒板邮政代办所的高建军表现得也非常好，希望我们去采访。因为时间关系，我们没有见到前几位曾经跑这条邮路的邮车司机，见到了高建军却没来得及和他交谈。

    边防邮路是漫长的、难行的，为了祖国，为了边防线上的官兵和群众，无数个邮车司机、邮政投递员年复一年、日复一日默默地工作着、奉献着。王润泽副总经理告诉我们，在漫长的边疆邮路上，这样的同事还有很多，王菊琴、阿黑·依哈提只是他们中的代表。

塔城有个老风口

　　许多年前，我就听说新疆有个老风口，风大得吓人。到了新疆塔城，才知道老风口的险恶非一般人所能想象。

　　老风口地处塔城地区西北部，位于额敏县与托里县之间，是塔城盆地通往乌鲁木齐的必经之地，是一处令人生畏的风口。长达20多公里的老风口路段，常常刮着10级左右的大风。夏天飞沙走石，而冬天大风卷着积雪横冲直撞。道路经常被一米以上的积雪覆盖，使车辆受困，造成人员伤亡。老风口的大风成了当地公路交通安全的一大隐患。

　　老风口的位置很独特，被两山包夹，一股股劲风从山峦两侧咆哮着吹向老风口，吹向库鲁斯台大草原。塔城，这个地处祖国西北角的小城，就被老风口挡在了角落。后来从塔城划分出裕民、额敏两座县城，被老风口封住的县城多了两个。在20世纪90年代以前，从塔城到克拉玛依的后山公路没有修通，塔城、额敏、裕民三地和外界的交通只有通过老风口。尤其是冬天，要进塔城的人统统被老风口的风阻在托里县。隔着短短的几十公里路，人们翘首以盼，想进去的人进不去，想出来的人出不来，一段公路不知阻碍了多少人。

　　老风口偏东的大风始于每年的8月下旬，终于翌年的5月中旬。据资料记载，冬季老风口每月都会有15天左右的大风日。风区平均风速9米每秒，最高风速高达40米每秒，风速之快，移雪量之大，世界罕见。

　　2015年5月11日下午，我随"边防邮路万里行"采访组来到这里，恰逢难得的好天气，风和日丽，暖暖的阳光照在老风口入口处刻有"老风口"三个字的大石头上。常年奔波在这条邮路上的塔城市邮政分公司驾驶员刘壮说，5月份能有这样的好天气太难得了，而这难得的好天气与近年来自治区和塔城地区投入大量人力、物力在老风口植树造林，对老风口进行生态综合治理有极大的关系。目前，老风口生态综合治理工程完成生态造林9万多亩，有效削弱了狂风对公路交通运输安全的威胁。尽管这样，在冬季穿越老风口依然是件艰难的事情。

刘壮已经48岁了，至今他都记得1994年7月28日这一天，师父第一次带他开着邮车从塔城到克拉玛依走这条330公里长的邮路。

那时，刘壮还是个20多岁的小伙子，跟着师父跑这么长的邮路，他说不出是激动还是兴奋。这条邮路始发点是塔城，途经额敏交接邮件，再到托里庙尔沟交接，之后直奔克拉玛依完成单趟邮路。

"那天的事情我记得很清晰。"回忆起第一次跑这条邮路时发生的事情，刘壮仍记忆犹新。师父带着刘壮从塔城出发，在额敏县交接完邮件后将车停在马路边，嘱咐刘壮下车捡些大石头放在车上。刘壮很纳闷为什么要放大石头在车上，询问师父时，师父笑而不语，只是告诉他到时间就会明白的。

因为装了不少大石头，邮车显得有些笨重，一路前行来到了即将进入老风口的地方，师傅带着刘壮将大石头一块块压在厚厚的篷布上。进入老风口，虽然隔着玻璃，呼呼的大风还是让人觉得压抑，刘壮这时候才明白师傅让他装石头的用意——一来将篷布压好，不至于被吹开，让风把邮件刮走；二来可以增加车辆的重量，在大风中走得稳当些。

"八九级大风在这里是常见的。"刘壮说。那天刘壮和师父遭遇的就是9级左右的大风。

如今师父已经过世，刘壮在这条路上已经坚守了20多年，小伙子成了中年人，他所开的绿色邮车换了一辆又一辆。车是越来越好了，可是经过老风口依然是他最紧张的时候，每当过了这里，刘壮总是习惯性地和家人联系一下，报个平安。

20多年的时间里无论春夏秋冬，塔城至克拉玛依这条邮路上总是有一辆绿色的邮车行驶在寂静的大山里，风雨无阻。

这是一个阳光灿烂的日子，塔城市邮政分公司52岁的驾驶员阿不都拉·斯地克正在检查邮车打算出班，检查好车辆之后他又最后检查了自己的"四件宝"——干馕、铁锹、手电筒和棉大衣。20多年来，阿不都拉的邮车上总会有这四样东西。

老风口夏天风大，下车得在身上绑根绳子。冬天更是令人生畏，雪借风势，风助雪威，公路沿线瞬间就变成白茫茫的雪海，混沌一片，能见度几乎为零。阿不都拉的"四件宝"在冬天更是经常派上用场。

1996年冬天的一天，阿不都拉从塔城出发前往克拉玛依，上午11点就进入老风口了，可是到托里县交接的时间已经过去了好久，同事们依然不见阿不都拉和他的邮车出现。那时候没有手机，阿不都拉平安到达托里县时，总会给家人打个电话，收不到阿不都拉平安电话的家人更是焦急万分。

阿不都拉就这样突然"消失"了？

原来阿不都拉进入老风口后，风雪越来越大，车没办法走，人更是下不了车。风雪肆虐，一切被阻挡在白茫茫的雪地里，阿不都拉和押运员坐在车里，似乎与世隔绝。处在暴风雪中，极度的寒冷和窒息感会在短时间内击溃一个人的精神防线。阿不都拉和同伴想尽办法去打破这种窒息感，说话聊天，回忆过往。车上的四件宝成了救命的东西，馕饼变成世界上最好的食物，铁锹、手电筒让他们心存希望。

5个小时过去了，他们终于听到了人的声音，公路道班房（现在的老风口抢险基地）的工作人员赶来救援。这时候的积雪已经有一米多厚，车辆几乎被埋起来。7个多小时过去了，阿不都拉和他的邮车在救援人员的帮助下终于走出老风口。风雪侵袭考验的不仅仅是身体，更是他们的意志。

多少次在风雪中遇险，阿不都拉早已记不清了，他也很少向家人说起。直到有一天，他的孩子得知一位同学的父亲被老风口的严寒夺去了生命时，才知道自己父亲工作的环境是怎样的艰险。孩子拉着爸爸的手哀求爸爸，要爸爸一定不要再跑这条线路了。望着孩子满眼的担忧和期盼，阿不都拉只是轻描淡写地说："工作需要，没有事的。"转过身去这位刚强的维吾尔族汉子眼圈却红了。他每天出车，家人的揪心他何尝不知道？可是为了工作，不去行吗？

阿不都拉坦言，在这条绵延20多公里的生死风雪线上行驶，"敬畏"是自己内心最真实的写照。敬重的是自己的职业，畏惧的是这条邮路的凶险。他觉得既然选择了做一名边疆的邮政人，就应该明白自己身上肩负的责任。

对他而言，邮车上承载的是边疆群众和守疆官兵的爱。

和刘壮、阿不都拉一样，许许多多邮政人就这样在寂寞的大山里，在凶险的老风口，在无数条艰辛的邮路上书写自己无悔的青春。

这样的邮路，谁都可以不走，可是邮政人没有理由不走，我们只能期待老风口生态环境、自然条件的改善，使风力减小，大风时间缩短。同时，希望邮政职工的福利待遇也得到相应提高。

当然，这不仅仅是我们美好的愿望。我们相信愿望一定能变为现实，而且很快。

史诗般的和布克赛尔

和布克赛尔蒙古自治县位于准噶尔盆地的西北部，是新疆塔城地区的一个边境民族自治县。东与昌吉市、呼图壁县、玛纳斯县、沙湾县毗邻，西南接克拉玛依市，西以白杨河为界与额敏县、托里县相连，西北与哈萨克斯坦共和国接壤，北隔赛尔山与吉木乃县接壤。

和布克赛尔蒙古自治县因和布克河、赛尔山（萨吾尔山）而得名。"和布克"系蒙古语，意为"梅花鹿"；"赛尔"是马背的意思。

和布克赛尔先秦时期是塞种人的游牧地。唐长安二年（702年），武则天在庭州设置北庭都护府，和布克赛尔由大都护府下属的昆陵都护府管辖，汉族士兵开始在这里驻守、屯垦。

中华人民共和国成立后，1950年4月，和丰县人民政府成立。1954年9月10日，根据《中华人民共和国民族区域自治实施纲要》，新疆和布克赛尔蒙古自治县人民政府宣告成立。

和布克赛尔全县天然草场面积占全县总面积的近一半，牧草植物有600余种。全县林地面积1.3万公顷，北部赛尔山分布有西伯利亚落叶松林，面积1736公顷。这片神奇的土地下蕴藏着煤、石盐、石膏、黏土、蛇纹岩、铬、金、铁、铜、铀等矿藏。

和布克赛尔美丽富饶，山川秀丽，景色迷人。在这里生活着哈萨克族、汉族、蒙古族、回族、维吾尔族等族人民。赛尔山像色彩斑斓的巨大屏风，和布克河、白杨河静静地流淌。阿吾斯奇夏牧场群山环抱，水草丰美。避暑胜地松树沟高山流水，苍松翠柏，风光旖旎。县境内有阿尔格勒气泉、魔鬼城、戈壁绿坪、阿吾斯奇等著名景点。

　　美丽富饶的和布克赛尔，天空蔚蓝，千百座雪峰闪耀着宝石般的光芒，无数条溪流流淌着泉水般甘洌的水流，苍翠的松林遍布冈峦，嫩绿的牧草铺满河谷。风光旖旎的142万公顷天然草场，羊肥牛壮，牧歌荡飞扬。这块如诗如画的土地上，岩画、古墓、石棺、喇嘛庙、扎萨克印、古城遗址、草原石人、王爷府旧址诉说着这里悠久的历史，英雄史诗《江格尔》蜚声中外。18世纪中叶，17万土尔扈特人反抗沙俄压迫，九死一生，从伏尔加河河畔回归祖国，驻牧和布克赛尔的悲壮历程彪炳史册。英雄、骏马、美酒，热情的歌舞、洁白的哈达、勇敢勤劳的人民，构成了这方天地的底色。

　　和布克赛尔悠久的历史、多样的地貌、秀丽迷人的风光、古老的人文遗迹、浓郁的民族风情，形成了独有的地方特色。

　　魔鬼城位于和布克赛尔蒙古自治县，距和布克赛尔县县城75公里。魔鬼城又叫风城，城区方圆10平方公里，这里是典型的雅丹地貌区。该地在1.2亿年前曾为一个淡水湖泊，后经两次大的地壳运动以及风雕雨蚀才形成今天的戈壁台地。远远望去，魔鬼城垛堞分明，俨然一座古城堡。走近则可以看到各种各样的风蚀地貌景观，千奇百怪，姿态万千。"魔鬼"之说为魔鬼城披上了神秘的外衣，让人产生无尽遐想。

　　阿吾斯奇位于中哈边境，和布克赛尔县城西北方向60余公里处，景色秀丽壮观，如一块绿色的翡翠镶嵌在群山怀抱之中。四周峰峻石异，中央广袤的草原水草丰美、羊欢马嘶、牧歌荡漾，地势平坦，气候湿润，降水量高。草地野花争奇斗艳，有松树、苦杨、爬地柏等点缀山坡，有旱獭、大头羊、盘羊、猞猁等动物，这里就像天然的公园。

　　铁布肯乌散乡哈同山北坡有岩画10处，面积约200平方米。内容以野山羊为主，也有人骑骆驼、骑马、狩猎等形象。所刻动物头部多向东南，画面多刻在水平的岩石上，距地面高约0.5—1米。岩画在雕刻技法上有凿有磨，据考，是铁器时代所刻。

　　查干库勒乡的夏牧场位于县城东北萨吾尔山中段南坡，距县城30公里，该区呈南北走向，沟长2.5公里，平均沟宽0.8公里。沟两旁山势高峻，海拔1800米左右，年平均气温2摄氏度，夏季平均气温15摄氏度。雨量充足，全年降水量在250—350毫米。高耸的白杨树直插云霄，山上西伯利亚落叶松挺拔茂密，郁郁葱葱。不仅植物种类繁多，还有雪鸡、金丝鸟、盘羊、野山羊、旱獭等珍禽异兽。每到夏季，山坡上森林似海，繁花似锦，毡房点点，羊群如云。

道尔本厄鲁特古城遗址位于和布克赛尔蒙古自治县县城以东 5 公里处。道尔本厄鲁特古城遗址为方形，古城城墙为土墙，分为墙皮和墙芯两部分。墙皮用土坯砌成。城墙土坯为灰黑色，至今保存完好。城墙的四个角上各有一个圆形的岗楼，北、西、南三面各有一门。城中的遗迹大都分布在偏北部，有房舍残垣，有夯土台等，散落的青砖、瓦当、瓦片上有兽头、花等图案。

巴音云都尔敖包位于和布克赛尔蒙古自治县县城以西。巴音云都尔敖包又名独山敖包，因巴音云都尔山得名。巴音云都尔山四周为广阔的戈壁草原，再无他山，因此又名独山。巴音云都尔敖包已有 200 多年的历史了，土尔扈特部回归祖国后，北路三旗 14 个苏木，每年农历四五月在这里举行"塔克尔干"祭祀神灵，以祈祷吉祥，风调雨顺，牲畜兴旺，之后还要进行赛马、摔跤、唱歌、跳舞等娱乐活动。至今，塔克尔干节仍然是蒙古族的盛大节日。节日里，男女老幼着装艳丽，带着熟肉、奶制品前来参加各种活动。

和布克赛尔还有古尔班通古特沙漠，达巴松诺尔的银色盐池，查干英格、玛兰林格的赤色膨润土丘，和什托洛盖、沙吉海星罗棋布的煤矿。绵延数百平方公里的绿色石坪，构成了一幅色彩斑斓、对比强烈的画卷，成为不可多得的自然景观。《中国国家地理》杂志公布了"中国最美的地方"的最终排名，新疆有 15 个景区入选。位于和布克赛尔县境内的古尔班通古特沙漠为中国最美的五大沙漠之一，是中国第二大沙漠。

和布克赛尔有这么多好看的地方，但最令人难忘的还是敖包特东街 001号。因为，土尔扈特部回归日思夜想的祖国之后的旧"渥巴锡所领之地"就在这里。

和布克赛尔敖包特东街矗立着土尔扈特部七世亲王渥龙木加甫的府邸。府外砖墙的门牌上写着"敖包特东街 001 号"。这座布满修缮痕迹、留有俄罗斯建筑风格的土尔扈特七世王爷府宅，于 1927 年建造。

土尔扈特是蒙古族中一个古老的部落。早在明朝末年，为了摆脱不可一世的准噶尔部的威胁，躲避同族间的杀戮，寻找一片生活的净土，居住在新疆塔尔巴哈台的大部分土尔扈特人跟随和硕特汗拜巴嘎斯离开故土，越过哈萨克草原，渡过乌拉尔河，抵达尚未被沙皇俄国占领的伏尔加河下游。在那片草肥水美、远离战争的土地上开拓家园，休养生息，建立了土尔扈特汗国。

然而，没有祖国的土尔扈特人，就像没有母亲的孩子，受人欺凌，被人欺压。沙俄政府为了让继任的汗王渥巴锡俯首称臣，改组"扎尔固"，向东移迁哥萨克，高额征收赋税，缩小土尔扈特的游牧地。同时，迫使他们由信仰藏传佛教改为信仰东正教。在沙俄与土耳其长达 21 年的战争中，10 万土尔扈特青壮年被送上战场，而战后归返的，不足 2 万。土尔扈特人向往的净土上却弥漫着政治欺压、文化限制、经济困窘的阴霾。面临部落灭绝、沦为奴隶处境的土尔扈特人，萌生了回归祖国的念头。渥巴锡带领部落首领，毅然做出"东归故土"的历史抉择。

1771 年 1 月 4 日，渥巴锡召集全体将士，发出东归总动员。他的慷慨陈词点燃了土尔扈特人心中奔向光明的火焰。由于计划泄露，渥巴锡不得不提前行动。当 1771 年 1 月 5 日的阳光洒向大雪覆盖着的伏尔加草原时，渥巴锡破釜沉舟，点燃居住已久的木质宫殿。族人们响应号召，烧毁了自己的房屋。瞬间，伏尔加河岸边烈焰四起。17 万土尔扈特人毅然决然地离开了他们寄居将近一个半世纪的异乡。

渥巴锡率领东归的土尔扈特人在沙俄女皇叶卡捷琳娜派出的哥萨克骑兵的围追堵截之下，浴血奋战，历时近半年，行程上万里，战胜了严寒、饥饿、瘟疫、死亡，在 1772 年 5 月一个阳光明媚的早晨，踏上祖国西陲边境伊犁河畔的土地。他们仰望苍天，跪吻大地，泪水横流，嘶声高喊：母亲，您的儿女回来了……

那是蒙古族土尔扈特人的一段不凡的经历。

如今，敖包特东街 001 号王爷府作为国防教育基地对外开放。馆内陈列着东归的土尔扈特人当年使用过的刀枪马鞍、衣食用具。在第二展馆的墙上，挂着一幅题为《万里东归》的油画。油画的作者名叫林岱，是东归英雄渥巴锡的第七代嫡孙。林岱自幼喜爱绘画，为了真实地再现先祖们当年东归的场景，他于 1995 年春天开始，历时三个月，重走当年的东归之路。他在伏尔加河边怀想着前辈们为了回到祖国怀抱所历经的艰苦卓绝的斗争。归来后，林岱怀着深厚的感情，在他 5 米宽的画室中，创作了一幅长 24 米，宽 6.3 米的名为《万里东归》的巨幅油画。后来，那幅油画被深圳的一位收藏家珍藏。

王爷府中收藏的，是林岱的一幅长6米，宽2.35米的画作。画中有包括渥巴锡、舍楞在内的208位土尔扈特人。油画呈现了不同人物的神情姿态，反映了东归途中祖辈们的勇敢精神。

凝视着这幅以"红"为主色调的壮美画卷，我们的心一直被东归英雄们彪炳千秋的壮举感动着，被命殒东归途中的9万土尔扈特先民震撼着，为东归途中那些为了让儿女回归祖国付出生命代价的母亲而扼腕心痛着。我们的民族，上下五千年，经历了太多的苦难，太多的战争。土尔扈特人东归，成为不屈不挠的中华民族史上的英雄篇章。

200多年前的万里东归着实令人心灵震撼，他们的故事太多了，孤陋寡闻的我看到的只是一些零碎的资料。如今，只要想起和布克赛尔，我首先想到的就是和布克赛尔敖包特东街001号。这里的故事、这里的人，已经深深地刻进我的心灵深处了，我永远不会忘记。

巴克图口岸

在新疆的万里边防线上，我们走过十多个口岸，印象最深的当属巴克图。

一个周末的上午，我们从塔城市出发，沿着笔直宽阔的口岸公路西行 12 公里，就到了边境口岸巴克图。这里是新疆距离城市最近的一个口岸。

"巴克图"是蒙古语，据说是"花园城"的意思。

巴克图口岸辐射俄罗斯、哈萨克斯坦等国的 8 个州、10 个工业城市，有着 250 多年的通商历史。早在 18 世纪末，中国和沙俄双方边民就在此口岸开展往来。清乾隆三十年（1765 年），塔尔巴哈台被清政府设为新的官方贸易点，来自内地的绸缎、茶叶与哈萨克斯坦的马牛羊等在这里进行交换，塔尔巴哈台成为新疆的第二大贸易中心。1851 年，清政府与沙俄政府签订了《中俄伊犁塔尔巴哈台通商章程》，标志着巴克图口岸对俄官方贸易的开端。1852 年，沙俄在塔城设立贸易圈，商业网络延伸到了乌苏、乌鲁木齐。从此，俄国商品大批进入塔城。同时新疆土特产、畜产品等通过口岸输入俄国。哈萨克斯坦斜米市至塔城的路上，俄商驼铃声不绝于途。塔城对外贸易额占全新疆 40% 以上，成为名扬中亚、欧洲的繁华商埠。

巴克图口岸也是中国和哈萨克斯坦交流的一个重要口岸，虽然不如霍尔果斯、阿拉山口口岸宏伟大气，但也有自己的特点。从口岸的瞭望塔上望过去，可以非常清楚地看到对方蓝色的界碑及边关建筑，哈方铁质的瞭望塔上的斑驳锈迹都可尽收眼底。

为捍卫祖国的领土，1893 年，塔城各族军民勠力同心，据理力争，如期收回被俄国强行租借达 10 年之久的巴尔鲁克山，这是清代对外领土交涉中的一次胜利。1938 年—1945 年，塔城各族各界群众慷慨捐献大量钱财、粮食、衣物、战马，并认捐 14 架战斗机，支援抗日前线。1951 年，时任塔城专署专员的巴什拜，捐马 100 匹、牛 100 头、羊 4000 只、黄金 100 两，认购飞机一架，支援抗美援朝。1962 年 5 月，新疆生产建设兵团军垦人员组建七个"屯垦戍边"边境农场，促进了塔城地区的经济发展，维护了社会稳定。在此抚今追昔，让人肃然起敬。

巴克图口岸是一个红色口岸。为追求革命真理，建立革命统一战线，从巴克图口岸秘密进出的有周恩来总理夫妇、越南国父胡志明、红色银行家毛泽民，还有陈云、陈潭秋等人。这里还是苏联援华抗日物资的主要入口，苏联援华抗日的大批武器弹药经此运往抗日前线。1933 年—1938 年间，原被迫退入苏联的 24000 多名东北抗日义勇军将士由西伯利亚辗转经巴克图回到祖国。巴克图口岸在提供抗日后方支援与保障方面功不可没。

与口岸具有同样悠久历史的就是邮政通信。1894 年，塔城巴克图口岸就开通了国际邮政业务，主要办理收寄包裹业务和信件业务。清宣统二年（1910 年），清政府在新疆境内设置国际互换局 5 处，当时进口国际邮件和中国出口去欧洲各国的国际邮件均在塔城与俄国邮局互换。俄国十月革命后，红色革命之风早早就吹到了塔城，承载着马克思主义思想的进步书籍《共产党宣言》等就陆续从巴克图口岸传入新疆，具有先进思想文化的苏联报刊和书籍都是通过邮政来寄递。苏联在塔城建立了学校，学生们的校服都是通过苏联订制并通过邮政渠道寄到当地。1925 年 5 月 1 日起，塔城互换局与苏联巴克图互换局每星期六交换国际邮件总包，取道西伯利亚铁路运递。至 1933 年，塔城设置苏联领事馆，加之苏籍侨民较为集中，国际邮政业务随之增加。当时寄往内地的包裹、函件如经哈密、酒泉、兰州、西安邮运，需数月才能收到。如从塔城出国，交苏联邮政局经西伯利亚铁路转运内地，仅 15—20 日便到。因此，寄往内地的邮件大多从塔城出口，塔城的进出口邮件数量大幅度增加。1942 年，内地省区寄往除苏联及东欧之外国家的国际邮件，原由昆明互换局经由缅甸转递，后因缅甸邮路阻断，邮件临时改由塔城互换局发往苏联转递。

中华人民共和国成立后，1950 年 2 月，中苏两国签订《互相交换邮件和包裹协定》，在我国西部边境的巴克图、吉木乃、霍尔果斯和托云（吐尔尕特）建立了同苏联交换国际邮件的交换站，从当年 3 月 1 日起，定期交换进出口水陆路和航空邮件总包。巴克图国际邮件交换站位于中苏边境线上，距离边界 800 米，每周一、三、五的北京时间 12 点与苏联邮局交换邮件。1962 年 9 月以前，苏联汽车来塔城邮电局内交换。之后，口岸一度因故关闭，邮件改在巴克图交换站交换，班期不变。当时经济较为困难，缺少交通工具，塔城邮电局用 6 根棍马车前往巴克图交换邮件。随着经济条件的不断改善，1969 年改用北京吉普车交换邮件，当时的"国际联邮员"都使用俄语交换邮件。彼时的塔城邮件交换站承担着全县及克拉玛依、阿勒泰地区的进口邮件验关业务，其他地区的邮件转发乌鲁木齐。1990 年 10 月，口岸恢复开放后，塔城国际邮件业务中断。

阿克桥镇邮政支局主要为巴克图派出所、巴克图会晤站、巴克图连队和加曼奇边防连队提供服务。由于部队出入不便，阿克乔支局除了投递邮件外，还为战士们办理其他业务。

周末，巴克图口岸闭关休息，一片静悄悄，只有零星的散客参观，没有了平日人来货往的喧闹。在巴克图口岸管委会工作了 17 年的阿地力·阿不杜热合满调研员热情地接待了我们。在他的记忆中，巴克图距离俄罗斯和哈萨克斯坦较近，位置重要。1990 年 10 月 20 日，沉寂了 30 多年的口岸开始恢复生机。2002 年由于全球性经济萧条，巴克图口岸又关闭了。直到 2005 年，巴克图口岸的基础设施建好以后，通关情况开始好转。

说到巴克图口岸的优势，阿地力·阿不杜热合满调研员滔滔不绝。在区位优势方面，巴克图口岸是新疆唯一一个和城市相交、相融的陆路口岸，交通便利，地理位置优越。巴克图口岸也是距哈萨克斯坦东北区主要城市、俄罗斯阿尔泰边疆区和高科技中心新西伯利亚市最近的口岸，也是哈俄两国取道中国公路运输成本较低的口岸。塔城当地群众与邻国许多边民有着至深的亲缘关系，各民族之间的通婚联姻及兄弟姐妹之情使得彼此和睦相处，交往密切。在经济方面，中哈有着较强的互补性，中国的农副产品、建筑材料、轻工产品、化工产品等深受哈萨克斯坦的青睐。同时，中国对哈萨克斯坦的民族特色产品、石油和天然气开采及其他矿产开发等也很感兴趣。这种互补性预示着新疆外向型经济发展前景可观。在机遇优势方面，塔城地委、行署从战略上将巴克图口岸作为地区经济发展的桥头堡，积极打造"中亚商贸走廊"，从政策上和资金上予以大力支持。2007 年，巴克图口岸正式作为旅游景点向游人开放。2009 年，建立开通了巴克图口岸边民互市贸易区，哈萨克斯坦公民可以一日免签到贸易区内进行贸易。2013 年 12 月，巴克图口岸作为我国第一个向周边国家开通的绿色通道，迎来了一个千载难逢的发展机遇。

正当我们听得津津有味时，阿地力·阿不杜热合满调研员话锋一转，不无遗憾地说："口岸恢复开放后，国际邮件业务却中断了，至今没有通邮。"如今一些当地居民与出国留学子女、定居国外的亲属书信、包裹往来普遍通过民间捎带。如果走邮政渠道，必须绕道乌鲁木齐至北京转寄，费时少则一个月，多则两个月。

近年来，塔城地区提出"西出兴边靠塔城"的发展定位，积极构建巴克图辽塔新区，为转变口岸经济增长模式提供了崭新的思路。目前巴克图口岸已具备年过货量 200 万吨的货物通关能力，随着克—塔铁路和克—塔高速公路的相继开建运营，巴克图口岸过货能力将有大的突破。特别是"一带一路"倡议的实施，有力地推动了农产品快速通关"绿色通道"建设，创新了口岸通关模式。如今，这里正"重振 250 年的巴克图口岸雄风"。

阿地力·阿不杜热合满调研员意味深长地说："'一带一路'给新疆带来了希望，丝绸之路经济带核心区建设给塔城带来了希望，这里有着广阔的市场空间，国际邮政业务也有着深厚的文化土壤和良好的历史机遇。作为'绿色使者'，邮政有责任、有需求积极参与其中，密切人与人之间的关系，促进国与国之间经济文化的发展和交流。"

第六章　赛里木湖边

我曾三次到赛里木湖，两次都醉倒在湖边上。一次是参加一个会议，会议结束后主办方拉我们参观赛里木湖，还没到湖边就被一群穿蒙古族服装的男女挡在了路口，三碗下马酒一下把我喝晕了。走进漂亮的蒙古包又是三碗迎接的酒。第二次是去伊犁，路过赛里木湖时博乐市邮政局的同行在湖边接待我们，礼节与上次相似，再次醉酒。

在博乐，如果你不会饮酒肯定不是蒙古族人；如果你不擅长唱歌，那肯定不是草原上的人；如果你作假不喝酒那肯定不是好朋友。生活在这里的蒙

古族人，在放牧、会客和过节时，都离不开美酒。走亲访友，迎接宾客，欢送好友，上好的美酒是必不可少的。金碗、银碗、牛角杯、羊角杯，都斟满豪爽和热情。贵客好友将至，热情好客的蒙古族人会骑马出行十里相迎，在敖包前下马等候远方的客人，为客人斟上满满三杯下马酒。当客人告别或亲人远行时，他们同是十里相送，在敖包前斟上上马酒祝亲友一路平安。

蒙古族人的歌声和酒兴，实在是令人折服的。饮酒中唱歌，歌唱中饮酒，在草原上、在马背上、在蒙古包里、在酒店里，歌与酒无处不在，真诚与热情无处不在。

这一次到博乐，我真正见识了赛里木湖。早晨起得早，我们从温泉县出发，到赛里木湖的时候太阳刚刚从山那边露出脑袋，蓝宝石似的赛里木湖上有一层薄薄的雾，远远望去似仙境一般。这一次没有喝酒，眼前这青山秀水却让我的心醉了。

穿越夏尔西里

夏尔西里，蒙古语是"金色山梁"的意思，位于新疆维吾尔自治区博尔塔拉蒙古自治州境内阿拉套山北麓，面积314平方公里，被誉为"中国的最后净地和不可多得的天然基因库"。

因为历史的原因，直到2003年，夏尔西里才回到祖国的怀抱。夏尔西里地区的植被是我国内陆植被的重要组成部分，其发生、形成与夏尔希里地区的环境密不可分。这里地理环境几经变迁，造成了各个植物区系的接触、混合和特化，植被组成从低等植物到高等植物，种类多样。夏尔西里自然保护区内有野生植物1676种，分属81科513属，其中有红门兰、斑叶兰等珍稀兰科植物以及蒙古黄芪、雪莲、紫草、梭梭、甘草、肉苁蓉等国家重点保护植物60余种。植物资源丰富，形成了重要的生物物种基因库。据初步调查，保护区有陆栖动物和鸟类179种，其中国家重点保护动物有35种，例如雪豹、北山羊、棕熊、猞狸、马鹿、盘羊、苍鹰、草原雕、雪鸡、雕鸮、短耳鸮等。同时，这里又是中国新疆西北部重要的鸟类迁徙地、繁殖地、越冬地。

2015年5月17日，我们跟随博乐市邮政公司那勇的邮车走进了这片神奇的土地。新疆维吾尔自治区邮政公司总经理王俭和博尔塔拉蒙古自治州邮政公司副总经理巴依尔图也参加了这次邮路采访。

夏尔西里距博乐市城区33公里。我们从博乐市出发的时候还是晴空万里，走进夏尔西里时天空忽然飘起了细雨。

驻守在夏尔西里保护区入口处的是某部队边防四连，邮政投递员那勇每周都要开车给这里投递一次邮件。今天跟着他来了4辆车，来了这么多的采访人员,那勇的心情是激动的。他像以往一样交接完邮件,王俭总经理代表新疆和博州邮政公司向官兵们赠送了慰问品。

四连指导员瞿伟充满深情地感谢邮政多年来对四连官兵的关心和提供的良好服务。他说自己和邮政有特殊的感情,上军校的时候经常给父母、同学和朋友写信,这些信都是邮政人送的。那时候手机刚刚兴起,电脑也不像现在这样普及,想家了就盼邮递员来,看到绿色邮车就激动。在新兵营时,部队首长鼓励新兵写家信,给家人汇报自己的思想和生活。那个时候,大家都用书信传递信息、感情,现在想起来还有一种特别的感觉。

四连连长杜凯告诉我们,他来四连之前一直在二线部队工作,那时候他和战友们逢年过节都要买些新疆土特产寄回家,表达对家人的感情和祝福。来到一线部队,环境变了,官兵们外出的机会很少,买东西很不方便。这些年,邮局的同志常来部队服务,"八一"建军节来慰问,端午节、中秋节免费给官兵邮递粽子、月饼,大家很感谢。杜凯认为,现在物流业很发达,中秋月饼这些东西哪里都能买得到,可是官兵要的是有新疆特色的物品,这样更能表达对家人的思念之情,会让家人感到亲切、欣慰。杜凯希望邮政单位经常了解官兵的真实用邮需求,通过为官兵带来实惠的服务增进军地关系,更好地提供边防服务。杜凯建议邮政单位在不违反部队规定的前提下,用官兵个人的照片制作个性化邮折,或者开发反映官兵们戍边地区风光的定制明信片。

王俭、巴依尔图认真记录了部队官兵的这些建议。王俭深有感触地说,邮政企业正在转型,而真正的转型在基层。邮政只有深入到官兵们中间,才能知道官兵们真正的需要。各级邮政人员都要经常深入基层、深入用户调查研究,才能做好工作,实现真正意义上的转型。巴依尔图表示要尽快组织相关人员到部队与官兵做深入的交流,制定具体的切实可行的方案,为部队官兵服务好。

交流是短暂的,气氛却和谐而热烈,大家都觉得意犹未尽,时间却催我们向下一个目的地前进。

山道弯弯,坡度越来越大,汽车在泥土裹着石子的山路上盘旋。终于登上山顶了,头顶上忽然出现了一团乌云,不一会儿大雨便倾盆而下,雨雾瞬间弥漫了山野。护林站一位哈萨克族中年人拦住了我们,说雨大不能下山,要我们停一停。当他得知我们是邮政局的人时，极热情地把我们让进他的住处，并要他的妻子煮奶茶给我们喝。交谈中得知，这对夫妻既是这里的森林护林员，还是边防护边员，他们住的房子就是他们办公的地方。一年到头，他们都工作、生活在山上，大雪封山的几个月更是与森林和边防线做伴，一步也不离开。他们的一双儿女在博乐市上中学，平时一家人见面的机会很少，有时候孩子们寒暑假也在山下补习功课，一家人之间的联系多是靠邮政投递员传递书信、捎带东西，所以对邮政有很深的感情，一看见穿绿衣服的人就感到亲切。他说要孩子好好读书，长大了争取到邮局去工作。

雨渐渐小了，云雾也渐渐退去，青色的山、绿色的树、各种颜色的小花更显得清新可爱。

下山了，路上的雨水还在流淌，山坡上偶尔还有山石滚落，司机睁着警惕的眼睛，驾车沿着弯弯山道缓缓行进。大约下午3点，我们到了山窝里的五连执勤点，带队的同事说午饭就在这里吃。我们发现眼前一座小楼正在建设。战士们现在住的房子很不宽敞，吃饭的屋子就更小。几位小战士正忙着往餐桌上放饭菜，热腾腾的茶水已经整齐地放在桌上。饭菜很简单，一部分是我们带来的，一部分是战士们种的蔬菜、挖的野菜，两盘油煎的小鱼还是战士们早晨在门前的小河里捞的。这是一次难忘的聚餐，这些饭菜凝聚着战士对邮政人的深情厚谊。也许是过了吃午饭的时间大家饿了，也许是特殊环境、特殊心境的原因，虽然大家挤得只能活动一只胳膊，一个个却吃得有滋有味，几盘小菜被一扫而光。

离开执勤点时，头顶上又出现了一大团乌云，有经验的人都知道，这云预示着一场大暴雨即将到来。返回的路还很长，暴雨带来的洪水、滑坡、泥石流难以预测。于是，我们以最快的速度赶到边防五连，在很短的时间内结束了对这里官兵的慰问，和指导员、连长做简单交流后就又出发了。

谁也没想到，当我们走出这条深沟向一座高山爬去的时候，天忽然亮了，久违了的太阳也钻出了云层，山水草木都闪烁着金色的光。抵不住路旁青山绿水、灿烂山花的诱惑，几位承担摄影任务的同志欢呼着下了车，把镜头一齐对准了他们需要的方向。大家还沉浸在美的喜悦之中时，那团乌云又出现了，随着一阵冷风袭来，雨滴便噼噼啪啪地下来了。

雨越下越大，电闪雷鸣，车轮下的石子路很快变成了小河，山坡上不时有小石块落下，汽车在小心翼翼地爬行。我们坐在车里，眼睛一直担忧地望着窗外，司机师傅打开了车载音乐，可是车窗外的风雨声分贝比车内的音乐更高。在一个狭窄的山坡拐弯处，我们前面的车爬到半坡上不去了，车不停倒退，后面的车急忙停住了。几位司机师傅不约而同地拿着工具和麻袋片儿、硬纸盒之类的东西跑了过去，跑在最前面的是穿着邮政工作服的那勇。就这样，那辆车被大家推着上上下下，反复了三次终于爬了上去。最危险的地方过去了，天上又下起了冰雹，打在车顶上啪啪地响。冰雹过后又是漫天飞雪，一时间周围的山峦成了白色，我们好像进入了神话般的世界。汽车终于爬上山梁，大家都长长地舒了口气。

我一直想，我们今天一行这么多人，好几辆车，遇到了问题就妥善处理了，而平时跑这条邮路的只有那勇一个人，要是遇到这样的情况该怎么办呢？

路上，博州邮政公司的领导给我们说，那勇 1986 年参加工作，先后干过分拣员、转运员、司机兼投递员工作。无论在哪个岗位上，他都爱岗敬业、团结同志、积极认真、努力工作，把各项工作干得有声有色。那勇是一名优秀的邮政投递员和封发转运班组长，多次被评为自治区和州局的先进，他带领的班组也一直是样板班组。可是，当我们采访他的时候，这位蒙古族汉子却不好意思地说："没有什么，都是应该做的事情。"就是这样一个不善言语、不愿表现自己的普通邮政职工，为了给守卫在祖国边防线上的官兵传递邮件，日复一日、年复一年，奔波在这崎岖漫长的邮路上。

仔细算了算行程，从出发到再回到驻地，我们走了整整 8 个小时，走过了数不清的盘山石子路，经历了小雨、大雨、冰雹、漫天飞雪。

夏尔西里是一片美丽神奇的土地，可爱的边防战士用他们的青春和汗水守卫着它，保护着它。

同样，在夏尔西里，我们的邮政人为了这块土地，为了保证边防官兵用邮方便，辛勤工作，默默地贡献着自己的力量。

阿拉山口的风

这里一年365天几乎天天刮大风，天昏地暗，尘土飞扬。这里是新疆维吾尔自治区博尔塔拉蒙古自治州阿拉山口市。阿拉山口因风而闻名。

2014年5月的一天，我们从318国道翻越阿拉山，映入眼帘的是由巨大的风力发电机组成的矩阵，山脚下略显小一些的是成片集中的现代建筑群。耳畔"呜呜"的风声连绵不断，细看路旁的树，树冠都被风吹歪了。

阿拉山口位于博尔塔拉东北角，介于阿拉套山与巴尔鲁克山之间，北邻哈萨克斯坦。这里因地形独特而形成大风口，每年大部分时间在刮大风，最高瞬时风速达55米每秒，风力最高达17级。

阿拉山口自然环境恶劣，夏季温度最高达46摄氏度，冬季温度最低达零下30摄氏度。早晚温差极大，每年约有4个月早晚温差达20摄氏度。

阿拉山口的风吹歪了树，吹飞了军营的屋顶，吹得邮递员在送信途中寸步难行……长期生活在风口的阿拉山口边防连战士们渐渐摸索出一套风中活动方法：走路弯腰靠墙退着走，双手紧扯帽耳朵；进门侧身紧贴门框，双手紧抠墙缝；上厕所卧倒匍匐前进；到山头哨楼换岗四肢着地爬着上……

尽管风大险多，战士们却没有被狂风吓倒，而是以铮铮铁骨和无所畏惧的精神，坚持与风斗争，与恶劣的自然环境斗争。

阿拉山口边防连连部门前有一块巨石，上面刻着"无风"两个朱红色大字。连队主官汪坤林说，"无风"设计得龙飞凤舞，有龙凤呈祥之寓意，表达了战士们对边境和平、人民安居乐业的期盼。

"大风世界，'无风'人生。"这是阿拉山口边防连战士戍边守防生活的真实写照。

连部对面的山上，官兵们用白色石块垒出八个大字——"大风如歌，责任如山"。一茬又一茬的阿拉山口边防连官兵们坚守这样的信念，克服种种困难，以顽强的意志和拼搏精神坚守在边防线上。

1962 年 8 月 11 日，阿拉山口边防站第一任站长吴光胜带领 17 名战士，凭借一张地图、一口行军锅和一顶帐篷，从博乐市步行两天两夜来到荒无人烟的阿拉山口，开始了"巡逻执勤靠步行，观察瞭望靠肉眼"的艰苦戍边生活。

如今，阿拉山口边防连的工作、生活环境已经发生了很大变化，新建的营房远非地窝子可比。为了美化营区的环境，战士们凿开坚硬的山石，挖出一米深的坑，运来泥土，栽下红柳和沙枣树，然后浇水、精心呵护……

军营的环境变了，战士们戍边守关的坚定信念一直没有变。1982 年，阿拉山口边防连被原乌鲁木齐军区授予"阿拉山口坚强堡垒"的荣誉称号。后来它又被赋予了"三不动"的新内涵——"大风吹不动，诱惑打不动，强敌撼不动"。面对"一年一场风，从春刮到冬"的考验，官兵们不断提高自身素质，练就过硬本领，争当"风口第一哨"标兵。

阿拉山口边防连的军营文化很有特色，他们简朴的文化活动室里挂满了书画摄影作品。作者有将军，有士兵，也有老百姓，作品内容都是反映部队生活的，画面生动活泼，生活气息非常浓郁。连部附近的哨所下面有一个大院子，四周被高高砖墙围着，我们走进去才发现是文化墙。墙上的字画都出自名人之手，有新疆作家周涛的，还有陕西书法家史星文的作品。虽然他们的作品已经被风剥蚀了颜色，但那遒劲的笔力还显示着扎实的功底。

边防战士们早已成为这里一抹亮眼的绿色。同样亮眼的，还有坚持"人民邮政为人民"理念，持续为驻地战士提供良好用邮服务的"绿衣天使"。

5 月 16 日，我们来到阿拉山口边防连的时候，阿拉山口市邮政支局局长贾伟和投递员石生瑛将官兵们订阅的报刊及包裹准时送达军营。

作为军民共建单位，阿拉山口市邮政支局的同志还带来了苹果、香梨和宰好的羊等慰问品。负责这里投递工作的石生瑛和另外两名邮政投递员轮岗，每人为这里投递一个月。他们和战士们都非常熟悉。

座谈中，连队主官汪坤林向我们介绍了多年来邮政服务的情况。入伍 14

年的四级军士长高育忠已在阿拉山口娶妻生子。他远在甘肃天水的父母经常通过邮局给小孙子寄来新衣服等物品,从未丢失过。家在广东梅州的沈东,父母时不时寄来的梅州特产也总是按时送到。

即使在网络和手机日益普及的今天,书信和明信片仍然是不少战士跟亲戚、朋友、同学、战友联络感情的重要方式,他们觉得这样更有温情。

已经入伍两年的李涛在新兵连训练期间,给父母写了封信,介绍了自己在部队的情况,叮嘱父母保重身体。等他再和父母通过电话联系时,父母都说孩子好像一下子长大了。

阿拉山口市邮政支局局长贾伟的爱人是陕西商洛人,听说我是从陕西来的,贾伟非常高兴。她说她这个陕西媳妇还没回过陕西呢,几次想借休假回陕西看看,都因为工作忙放弃了。我请她讲阿拉山口和她的故事,她刚说了两句,单位同事打来电话要她回去。贾伟准备离开时,江苏籍战士李翼宁向贾伟咨询包裹寄递服务。李翼宁和贾伟都是江苏徐州人,这些年贾伟对李翼宁帮助很大,他们像姐弟一样。

阿拉山口市邮政支局的投递员每周三班送邮件,风雪无阻,从未间断。2013年"八一"建军节前夕,邮局到禾角克边防连慰问,天气突变,狂风大作。得知距连队很远的两个执勤巡逻点发电机的电瓶没电了,投递员石生瑛开车顶着大风为他们送去了新电瓶,又载着旧电瓶返回连队充电。因风太大,战士们都让他第二天再回去,他硬是开邮车返回单位去送市区的邮件,直到深夜12点才回到自己家里。

有一年端午节前夕,阿拉山口市邮政支局到边防一连为战士提供月饼免费寄递服务。得知边防连因特殊原因禁止使用任何车辆,无法给距离远的执勤点送粮油、蔬菜的情况后,局长贾伟当即派邮局车辆为执勤点送去所需物资,连队官兵深受感动。

气候的恶劣和自然风光的秀美在博尔塔拉相伴共生。驻守在这里的边防战士和邮政员工以绿色为标志色,为这里增添了一抹亮丽的色彩。邮政被边防战士们称为"心灵的桥梁",他们认为邮政人带来的不仅仅是信件和包裹,更多的是精神上的抚慰。广大邮政员工在网络和通信日益发达的今天,与时俱进,不断丰富服务形式和手段,寄递军营包裹,推出有新疆特色的土特产,送金融和集邮知识进军营……甚至边防战士们有时想吃雪糕,邮政人也会送到。邮政人以贴心周到的服务支持着献身边防的战士们，支持他们以更加积极的精神风貌守卫祖国的边境线。

从山口俯瞰，你可以清晰地看见远处的阿拉山口市的全貌。近处，是官兵们用白色石子砌出的巨幅中国地图和"祖国在我心中""祖国万岁"字样。边防官兵们用心中的"无风"悉心守护着这个新亚欧大陆桥中国段的西桥头堡。"绿衣天使"们则用大风阻不断的信念将服务送进绿色军营。而无论是边防官兵还是"绿衣天使"，都为阿拉山口感到骄傲和自豪。

神秘的温泉县

　　温泉县位于新疆维吾尔自治区博尔塔拉蒙古自治州西部，地处亚欧大陆腹地，三面环山，因境内有数处著名的温泉而得名。温泉县东邻博乐市，南傍伊犁地区，距阿拉山口口岸和霍尔果斯口岸均170公里。县境东西长139.4公里，南北宽64.8公里，有可耕地面积49万亩，草场面积619万亩，森林面积55.1万亩。

　　温泉县因县内多温泉而得名。又名博格达尔，蒙古语意为"神山的背后"。秦汉时为匈奴、乌孙的领地。隋唐时属突厥领地。清乾隆平定准噶尔叛乱后，派遣蒙古察哈尔部老八旗驻防在这一带。清代为精河直隶厅辖境。1938年由博乐县置温泉设治局于此，1941年改为温泉县，属伊犁行政区。1954年后属博尔塔拉蒙古自治州。

　　温泉县西、南、北三面环山，中部为一条狭窄的谷地长廊。其西部较窄，东部较开阔，整个地形由西向东缓缓倾斜，似一簸箕状。属温带干旱气候区，年均气温3.7摄氏度，最高气温37.2摄氏度，最低气温零下35.9摄氏度。年均降水量202毫米。主要河流有博尔塔拉河、鄂托克赛尔河。春秋季节特点不明显，冬季漫长，夏季凉爽，干燥少雨，温差大。因地处山区谷地，温泉县冬暖夏凉，8月至10月秋高气爽。

　　温泉县现存文物古迹61处，其中古墓群31处，岩石群9处，石围栏4处，名刹遗址2处，古城遗址4处。著名的文物古迹有罕见的石头城、草原石人、古墓群、木乃伊等。

　　温泉县地热资源丰富而奇特。著名的温泉有三处——博格达尔温泉、鄂托克赛尔温泉、阿尔夏提温泉，分别被誉为 圣泉、天泉、仙泉。

关于圣泉，曾有这样的说法："宋嘉定十一年，成吉思汗征服西域蒙古部落，首次来到博尔塔拉河流域。"当成吉思汗的军队西征到达这里时，由于跋山涉水，人困马乏，病伤不计其数。有人发现了此处的温泉，奏报成吉思汗。于是官兵们来此洗浴，以除病痛，恢复体力。官兵们洗浴后精神倍增，成吉思汗大悦，号令大军进攻敌营，一鼓作气，所向披靡。成吉思汗大加赞赏："此乃神泉！"

"天泉"原不叫"天泉"，叫"小温泉"，因在海拔 3397 米的博尔格斯塔山上，三处温泉中，只有它海拔最高，离天最近，所以就取名"天泉"。天泉水温高达 60 摄氏度，在三处温泉中温度最高，一般人难以承受天泉的那种火热。如果你到了天泉，会感到天格外蓝，云格外白，天空中飘荡的朵朵白云，仿佛伸手可触，白得纯洁，白得神圣。站在天泉旁，松涛阵阵的原始森林，奔涌的鄂托克赛尔河尽收眼底。大自然的鬼斧神工令人叹为观止。

"仙泉"位于哈日布呼镇东北 25 公里处的阿尔夏提，海拔 2695 米，水温高达 40 多摄氏度，富含 20 多种人体必需的微量元素，能治疗多种疾病，深受当地人欢迎。

温泉县有色金属矿产丰富。县境内分布有达巴特铜钼矿、库斯台铜矿、夏勒巴克特多金属矿、祖鲁洪钨矿、查干浑迪钨矿。黑色金属矿产主要分布在温泉县热夏提。以铌钽为主的稀有金属矿产主要分布在温泉县索阔尔萨依、布尔嘎斯特和澳托格赛尔河等地。

"阿日善"系蒙古语，意为"温泉"，阿日善敖包位于县境内博格达尔山下。18 世纪中叶，察哈尔蒙古西迁后，部分部众常在此祭神。敖包亦称"鄂博"，是蒙古语音译，即"堆积"的意思。敖包最初只是道路和界线的标志，起源于蒙古族祖先为供奉、祭祀神灵，在部落内风景优美的山岭、湖泊、泉水、交通要道处垒积的石、木、土堆。也有一些敖包是为纪念某一重大事件或活动而堆积，具有碑铭的意义，阿日善敖包即为此意。2002 年，温泉县在阿日善敖包北面建成了博格达尔赛马场，并于每年水草丰美的季节，在此举行温泉县"那达慕"（蒙古语，意为聚众娱乐）草原节，除摔跤、赛马、赛骆驼、射箭等传统体育竞赛和祭敖包民俗活动外，经济贸易、文化交流及旅游宣传等也融入其中。

阿日善敖包景区建有阿日善敖包大理石碑、察哈尔卫士雕塑和察哈尔展厅，以纪念察哈尔蒙古西迁屯垦戍边之壮举。敖包周围还建有三亭，分别名曰"慈祥亭""安康亭""幸福亭"。慈祥亭代表着各族儿女对慈祥父母养育恩泽的感激，寄托思念亲人之情；安康亭和幸福亭寓意祝福勤劳勇敢的各族人民安康吉祥、幸福一生，可谓"民愿神意互应，国泰民安福临"。

阿尔夏提风景区位于温泉县哈日布呼镇西北，阿尔夏提山以西，海拔1620米，主要植被为云杉、胡杨、河柳等。有地热温泉7眼，其中以"仙泉"为群泉之首。

阿尔夏提一年四季云雾缭绕，景致极富层次感，冰峰、裸岩、青松、草原，"四季风光一眼览"，恰似人间仙境。北望雪山，冰清玉洁得像个待嫁的少女。周围那些陡峭的山峰像一个个倾慕雪峰姑娘的敦厚青年。青松似乎是青年的手臂，奋力上举，企图触摸姑娘的裙裾。松涛声声，似乎是青年深情的呼唤，或急或缓，时高时低，可姑娘始终静默不语，仿佛有意考验青年的耐心与忠诚。放眼望去，绵延不尽的群峰簇拥着一座座高入云端的雪峰，或伟岸挺拔，或俊秀飘逸，以碧绿的草原作衬，在蓝天白云的装扮下，分外妖娆。

阿尔夏提草原上遗存有很多战国时期的乌孙土墩墓和隋唐时期的石围阵古墓群。每年最佳游览时间为6至8月，非常适于休闲、度假和探索自然的旅游活动。

哈夏草原位于天山余脉别珍套山的中低山带，东西长7公里，南北宽2公里。每年6月初，五颜六色的花卉竞相开放，蓝天碧草，加上星星点点的白色蒙古包和成群的牛羊，呈现出一幅牧场风情浓郁的画卷。

鄂托克赛尔河位于博格达尔镇以南40公里处，流域面积1000平方公里，全长101公里，源头海拔3500米，是博尔塔拉河最大支流。河谷群山环抱，森林植被茂盛，层峦叠嶂，蜿蜒曲折的流溪河像一条飘带纵贯其间。蔚蓝蔚蓝的天空、高低起伏的远山、郁郁葱葱的山林、亮晶晶的河水构成鄂托克赛尔河谷独特而优美的画卷。

阿敦确鲁石头城位于温泉县西部、博尔塔拉河上游，群石林立，形成了一片原始的石头城堡。石头成千上万，千姿百态，似人似物，神形兼备。或粗犷，或细腻，或奇绝，或诡秘。粗朴中略带狂狷，威猛中又带妖媚。人行走其间莫不感到神秘莫测，浮想联翩，思绪驰骋。最神秘的便是"母亲石"，宋朝时就被附近的牧民奉为求子祈福之神。它造型奇特，极具灵气，前来祭祀朝拜的善男信女络绎不绝。景区内还有许多春秋战国时期的塞种人墓葬群、古岩画，可供游人怀古探秘。

博格达尔森林公园位于温泉县博格达尔镇境内博尔塔拉河中游两岸的河滩上，距温泉县县城 0.8 公里。它西依草原，东临博尔塔拉河，景色秀丽，是休闲、度假、避暑、疗养的绝佳去处。2002 年 3 月，博格达尔森林公园被批准为国家 AA 级旅游景区。森林公园保护较好，基本上保持了河谷次生林自然风貌，已成为集休闲、避暑、疗养、观光为一体的景区，现有蒙古包、餐馆等设施，常年接待游客，并在公园西侧建起了新疆北鲵馆，供科学研究和游客观赏。

近年来，温泉县投入人力、物力，把县城附近的博格达尔山精心打造成一处融自然景观和人文景观于一体的民俗风情园。站在山顶，凭栏远眺，整个县城以及周围的草原、湿地、森林尽收眼底。博格达尔山建有察哈尔蒙古西迁戍边纪念塔、察哈尔蒙古西迁戍边群雕、怀古长廊及游乐设施，还有为纪念察哈尔蒙古西迁戍边壮举的"西迁亭"，以及纪念抗战期间温泉县各族群众捐献飞机行动的"献机亭"。

温泉县的小吃非常诱人，库车汤面风味独特，工艺讲究，吃了使人难忘；手把羊肉鲜嫩，原汁原味，汤鲜味美，肥嫩适口；大盘鸡口感辛辣、汤汁厚重、香味浓郁，再辅之以皮带面，更是别具风味；抓饭油亮生辉，香气四溢，味道可口，甚受欢迎；正宗的串烤肉和烤全羊色泽焦黄油亮，味道微辣中带着鲜香，不腻不膻，肉嫩可口；冷水鱼刺身色彩鲜艳、开窍通气、鲜嫩爽口。还有熏马肠、冷水鱼干等都是温泉县土特产品，让你吃了忘不掉。

"那达慕"草原节是温泉县一个重要的节日。"那达慕"是蒙古族牧民的传统娱乐活动，有着鲜明的民族特色和浓郁的地方特色。节日期间，来自国内外的嘉宾能欣赏到蒙古族的江格尔弹唱、哈萨克族的阿肯弹唱等传统节目和赛马等精彩表演。

卡昝河飘扬的国旗

从温泉县出发，循着蜿蜒清丽的博尔塔拉河，我们来到了卡昝河边防连。这座博州地区最艰苦的边防站静静地矗立在海拔 2461 米的边防线上。

卡昝是哈萨克语，是"饭锅"的意思。因此处四面环山，俯瞰很像一口铁锅而得名。

卡昝河边防站位于六个山口的交会处，天气寒冷，一年只有一个月的无霜期。来到这里，我们遇上一个风和日丽的好天气，只穿着件单衫，这里站岗的士兵却穿着厚厚的棉大衣。

指导员陈东告诉我们，这里一年四季寒风凛冽，即便在房屋里，也能听到大风吹过山谷的"呜呜"声。军大衣是官兵们不可缺少的随身之物。

没到卡昝边防站时，我们听说过国旗墙的故事。当我们问陈东指导员时，他指着连队大楼说："这里就是当年国旗墙的位置，为了改善官兵们的工作和住宿条件，把国旗墙拆了，尽管国旗墙成了历史，它的故事我们永远都记在心中！"

卡昝边防站所在地条件非常艰苦，但是，1962 年建站至今，不管刮风下雨，无论春夏秋冬，连队官兵每天都要举行升国旗仪式，以表达对祖国的无限热爱和忠诚。这里"一年一场风，从春刮到冬"，一面国旗用不了几天就坏了，战士=们集思广益，就想到了修建国旗墙。

1994 年 5 月，卡昝边防连决定修建国旗墙，上级领导非常支持，派专车从 200 公里外送来砖、石、水泥，用 5 个月的时间修建了长 6 米、高 4 米的国旗墙，使之成为这里一个醒目的标志。这个消息不胫而走，内地不少人也都知道远在祖国西北角的卡昝河边有一面国旗墙。

跟随官兵，顶着呼呼作响的大风，我们来到山坡上的训练场。这段路程仅有500米，都让我们感到呼吸不畅，很难想象官兵们坚持每天8小时的训练，按时站哨，定点巡逻需要多大的毅力。

18岁的安徽小战士李功成说："没有我们在这里的坚守，就不会有家里的安宁。在这里，我学会了承担和坚持。"

"一个蒙古包就是一个哨所，一个牧民就是一个哨兵"，这是卡昝河边防连官兵和牧民们口口相传的一句话。这里的官兵把牧民当亲人，牧民也把官兵当作心里的守护神。

卡昝边防连附近方圆百里的大草原上，常年居住着300多户蒙古族、哈萨克族、维吾尔族、回族牧民。因为远离城镇、交通不便，牧民们有事情经常到边防连找官兵们解决。家中有人生病了，家人之间闹矛盾了，孩子上学遇到困难了，无论事情大小，牧民们总愿意找官兵们拿个主意。时间长了，卡昝边防连还真成了牧民们的"卡政府"。

自1962年建站以来，附近的牧民常常会来到连队寻求军医的帮助，有时一天会来好几个生病的牧民。军医出去巡逻的时候，都会走访牧民，为他们免费看病、送药。"牧民们很可爱，在这里生活时间久了，就觉得肩上的责任更重了。"说这些话的时候，军医张惠超一脸阳光。

1984年的一天，一位蒙古族牧民找到连队，说孩子上学遇到了困难，连队领导一商量，很快办起一所牧民小学。没有教室，战士们腾出最好的房间；没有桌椅，连长、指导员把自己的办公桌椅让出来。他们还挤出经费为孩子们买了书本、文具。指导员担任校长，几个文化程度高的战士当老师。"八一"建军节这天，35名牧民孩子走进了整洁明亮的教室，一所特殊的边防哨所小学就这样诞生了。学校每周一、三、五上课，可是很少与外界接触的牧民压根不知道周一是哪天，许多孩子也搞不清到底哪天上课，边防连就以升旗的方式告诉孩子们上课的时间。这所小学已经创办30多年了，共有240多名学生入学学习，47人考入当地中学，有6人考上了大学。如今，这所牧民小学同那面国旗墙一样，成为一个动人的故事，被更多的人传颂着。

午饭后，艳阳高照，天气渐暖，我们跟随巡逻的战士向一条山谷深处走了约10公里，看见路旁的冰和山上的积雪还没化尽，下车想拍几张照片，凛冽的寒风又把我们逼回了车里。

生活是艰苦的，官兵们却是乐观的。可是一提到家，大家的表情都显得有些严肃。"每次我回到家里见到女儿，都要自我介绍，说'我是你爸爸'。"连长张勋说出这句话的时候，坚毅的脸庞一半柔情一半忧伤，"女儿一岁半了，一年我和她在一起的时间也就15天左右。"

说起家，每个卡昝河边防连的官兵都有说不出的愁绪。在这里即便下一趟山也是奢望，更何况是探亲？然而对于这里环境的恶劣，对于不能守在亲人身旁的无奈，官兵们的回应出奇地一致："不辛苦，都习惯了。保卫家乡、保卫祖国是我们的责任。"

就是这样的忠诚，让他们勇敢面对风雪肆虐，坦然直视荒凉孤独，奉献出最美的年华、最真的情感，在这广袤的土地上铸起永不磨灭的军魂。

第七章　伊犁马

　　我的家乡没有草原，更没有骏马，但是我很喜欢马。很小的时候，我就知道马是牲畜中长得最帅、最有力气、最能代表主人实力的。那时候，祖父给生产队喂牲口，我闹着要和祖父晚上睡饲养室，就是想看那匹据说是从新疆买回来的枣红马。

　　历史上，伊犁是古丝绸之路北道要冲，是向西开放的门户，是各类文化的交汇处。

　　蒙古马和伊犁马为世界马种的两大宗，都负有盛名。伊犁马体形高大，

身材匀称紧凑。头秀美，面部血管明显。眼大有神，额广，鼻直，鼻孔大，有悍威。颈长适中，肌肉结实，颈肩结合良好。

在新疆，你随处能看到牧羊人骑着的高头大马，在骆驼群中也会发现两三匹马在游走。只有到了伊犁的昭苏，你才会看到成群的马，有的在低头吃草，有的迅疾奔走，有的撒着欢小跑，远远看去，像是一幅画。

昭苏是天马的故乡。西汉时，昭苏是乌孙的游牧之地，以出产良马而闻名。汉武帝喜得乌孙王所献宝马，挥毫题写了"天马行空"。后得到大宛的汗血宝马，又把"天马"的美名转给了汗血宝马，把乌孙马改称"西极马"。现在昭苏草原上奔驰的伊犁马兼有天马、西极马的优良血统。

马是牧民生活中的资源和财富，是草原上日常生活中的交通工具，也曾是军队作战的重要工具，是牧民欢庆娱乐的亲密伴侣，更是他们的心灵和理想借以寄托的载体。在生产领域，马是牧民最主要的生产工具，同时又是生产对象。放牧、拉车、承骑、迁徙，都要靠马才行。所以，马多是牧民富有的标志，是繁荣兴旺的象征。

牧民一向把马看作自己的朋友，马不仅是民间故事中主人的得力助手，而且还经常是蒙古民歌的主题。

伊犁的天空

　　5月的早晨，伊犁河谷的山道和原野上满眼都是色彩斑斓的美景。山花烂漫，蜂蝶飞舞，草原如绿毯，牛羊遍地走，还有那雪山、湖泊、牛羊、骏马、小鸟、苍鹰……

　　有一篇介绍伊犁的文章，说伊犁既有江南水乡的婉约秀美，又有西北边塞的雄奇壮丽；既有桃红柳绿的妩媚，又有雪域高原的冷峻。

　　历史上，伊犁是古丝绸之路北道要冲，是向西开放的门户。

　　伊犁是遥远西陲一方天赐的宝地，是新疆腹地一个温情的绿岛，是千里塞外瓜果飘香的江南。其独特的地理环境催生出各具特色、奇异多样的自然景观。悠然西去的伊犁河，滋养哺育着大地和各族人民，自古以来这里就是有名的天然牧场。

　　伊犁汉代为西域乌孙国地。汉武帝时，张骞两次通西域都曾到达乌孙国，沟通了汉朝与西域之间的联系。唐朝时期，伊犁属北庭都护府管辖。自北庭（今吉木萨尔）沿丝绸之路新北道建立了传递军情文书的驿站。

　　公元1200年—1227年，成吉思汗率大军西征，自蒙古汗国都城至伊犁河谷，再由此延伸至西亚建立了庞大的站赤（驿站）系统，现在的果子沟山路就是那时开辟的。

　　公元1762年，清朝设置总统伊犁等处将军（简称伊犁将军）驻防伊犁，始筑惠远、绥定、宁远等9城。伊犁将军驻惠远城。惠远成为天山南北政治、军事、经济中心，嘉峪关外一大重镇。嘉峪关至伊犁这条驿路便成了驿骑飞驰、商旅络绎不绝的大道。驿路以惠远为中心，主要有东、北、南三路。东线经乌鲁木齐达北京；北线至塔尔巴哈台；南线越天山至阿克苏。

伊犁哈萨克自治州成立于 1954 年 11 月，辖塔城、阿勒泰两个地区和 10 个直属县市，首府设在伊宁市。这里是多民族的聚居地，有哈萨克族、汉族、维吾尔族、回族、蒙古族、锡伯族等 47 个民族的人民在这里生活，人口 462.8 万，少数民族占比 62.8%。白杨树代表着各族人民的精神，路旁的白杨笔挺着直插云霄，带着伊犁河的水汽，体现着伊犁各族人民的朴实与真挚，那样挺拔，那样顽强，那样和谐。

伊犁的历史悠久，文化灿烂，伊犁的风景美如诗画。谁又能想到，200 多年前，伊犁是清朝"待罪"官员望而生畏的流放地。流放是我国古代一种司空见惯的政治现象。

从清朝顺治年间开始，伊犁就成为清廷流放人员的接收地。发配新疆的著名流人有纪晓岚、邓廷桢、林则徐、洪亮吉、祁韵士、张荫桓、裴景福、温士霖等。

从皇城到伊犁，路途实在是太遥远了，真可谓"八千里路云和月"。这些流犯一路上风餐露宿，缺医少药，生死难料。

在古代，离开阳关就意味着进入穷荒绝域，进入千里戈壁无人烟的"鬼门关"。唐人王维在渭河北岸置酒送好友出使西域，感叹道："劝君更尽一杯酒，西出阳关无故人。"这是一杯斟满情意的送行酒，更是一杯慷慨悲凉的壮行酒！流犯都身负重罪，生存处境堪忧，能活着过了阳关就是奇迹。千辛万苦进入新疆境内，天山北麓就是流放者西行的主要路线。东起巴里坤，经过木垒、奇台、吉木萨尔、阜康、乌鲁木齐、昌吉、呼图壁、玛纳斯、乌苏、精河，最后抵达伊犁。

从巴里坤到伊犁，2000 多里路，流人要么徒步，要么坐马车，一路戈壁荒漠、飞沙走石、骄阳烈日，他们在异常恶劣艰苦的条件下长途跋涉，还要遭受无端的虐待辱骂，能活着到伊犁，可真是不容易的事情。

林则徐被誉为"中国放眼看世界的第一人"，他在发配充军的前夜，想的并不是自己，也不是自己的家，他担心的是朝廷和国家。于是约来昔日的同僚魏源秉烛夜谈，商量编撰《四洲志》的未尽事宜，叮嘱魏源完成这部"放眼看世界"的奇书。魏源冒着被治罪的风险，克服重重困难，经过十多年的艰苦努力，终于完成了《海国图志》一书。这部书出版后备受冷落。没想到这部书流落到日本后，立刻被有识之士奉为安邦治国的宝典，一时间在日本出现了抢购热。这部书为当时封闭落后的日本开启了一扇窗，点亮了一盏灯，使日本发生了翻天覆地的巨大变化。

林则徐经过近一年时间的长途跋涉，于 1842 年年底到达惠远城，见到了先期流放到这里的原两广总督邓廷桢。两人相见执手无语，回忆往事，老泪纵横。

在伊犁，林则徐受到了邓廷桢的真诚相待。伊犁将军布彦泰亲自登门拜访，热情款待林则徐，给他送了米面、牛羊、鸡鸭等，这些都使林则徐非常感动。据说，当年的伊犁将军对流犯的政策还是宽宥的，因为新疆极度缺乏各类人才，他们需要这些有才能的流犯来帮助发展新疆的经济、文化。

林则徐在流放伊犁的三年多时间里拖着多病之躯，亲至南疆库车、阿克苏、叶尔羌等地勘察，行程二万多里，在所到之处兴修水利，开荒屯田。他亲自设计修建的"林公渠"至今还在发挥作用；他积极推广的"林公井"（坎儿井），现仍造福百姓。站在林则徐当年的流放地，难以想象，一个满头白发的老人，一个曾居高位的功臣，当年是怎样顶风冒雪，走过风沙滚滚的大漠戈壁，走过冰天雪地的天山山脉的。我耳边隐隐听到从大漠深处传来的车轮碾轧乱石的隆隆声……

据史料记载，被流放到伊犁的流犯有许多，仅乾隆末年就有三四千人，其中，流放的官员有百人之多。林则徐只是他们中的一个，还有纪晓岚、邓廷桢、洪亮吉、祁韵士、徐松等，他们都在伊犁乃至新疆留下了许多佳话。历史就是这样，不管你是谁，只要你给老百姓做过好事、实事，老百姓就会记住你，你的名字也会在这块土地上生根、发芽。

伊犁的天空晴朗明净，伊犁的春天美丽迷人。行走在伊犁大地上，我们的心情格外舒畅。

如今，伊犁以霍尔果斯经济开发区建设为龙头，全力推进外向型经济发展，打造国际物流港，力争成为丝绸之路经济带的重要支点。伊犁人紧抓机遇，发挥优势，让古老的丝绸之路北道要冲焕发出新的光芒，使"塞外江南"更加美丽富饶。

"红歌连"与陕西兵

走在新疆边防线上，我们几乎每天都和边防战士见面，而每一个边防连都有陕西籍的战士，无一例外。有军官，有士兵，一说陕西话格外亲切，谈起来也就有了说不完的话题。

在奇台县北台山，边防连接待我们的指导员和连长都是陕西人，一个家在合阳，一个家在西安，他们都是军校毕业的大学生，先后来到部队服役。在乌恰县西北边陲第一哨的哨所前，一位高个子战士听我说陕西话，主动上前打招呼。他说当兵出身的父亲非要他到部队锻炼，开始，他真想不通，到了部队才理解了父亲的良苦用心。他说，男人不当兵，就很难出息成硬汉子！在裕民县小白杨边防连，我正为没发现陕西兵纳闷时，展览馆的讲解员对我们说，他们的第一任排长（当时叫排）姓杨，是陕西人，到这里的当天恰巧发生了外国边民抢我牧民羊只事件。杨排长率领战士赶到出事地点，从对方手里夺回了牧民的羊。

2016 年 5 月 20 日下午，我们离开霍尔果斯口岸，沿着崎岖的山路，走上了卡拉乔克山阿拉马力边防连。

"毛主席的战士最听党的话，哪里需要到哪里去，哪里艰苦哪安家，祖国让我守边卡，打起背包就出发……"脍炙人口的《毛主席的战士最听党的话》就诞生在这里。阿拉马力边防连连部门口贴着"亲情友情戍边情，山红连红心更红"的"三红"对联，又是传唱了半个多世纪的《毛主席的战士最听党的话》的诞生地，2014 年上级授予阿拉马力边防连"红歌连"称号。

1962 年 8 月 1 日，阿拉马力边防站（当时叫站，后改为连）第一任站长高立业带领 10 名官兵，牵着三峰骆驼，背着一口锅，扛着两把铁锹及一些简单的行李来到了卡拉乔克山这座荒凉的雪山。住无房、行无路、吃无菜、喝无水，官兵们面对大山不低头、面对困难不退缩，在四面环山的向阳坡上挖地窝、搭帐篷、建家园。

由于当时没有马匹，巡逻全靠两条腿，来回八九十公里，官兵们常常走得脚底起泡。第一代守防官兵就在这荒山野岭、大山深处扎下了根、安下了家。从此，"三峰骆驼一口锅，两把铁锹住地窝"的艰苦创业史被传为佳话，成为历代官兵克服困难、艰苦奋斗、忠诚戍边的精神财富和优良传统。

1963 年，时任伊犁军区宣传干事的李之金到阿拉马力边防站蹲点，看到守边将士面对恶劣的自然环境乐观向上、无怨无悔、爬冰卧雪、风餐露宿，被官兵们忠诚戍边的精神所感动，就把阿拉马力边防站官兵的思想言行用最朴实的语言记录了下来，形成了《毛主席的战士最听党的话》这首歌的歌词。

歌词把戍边官兵听从党的召唤，保卫祖国不讲条件，干脆、利索、痛快、乐观的形象刻画得淋漓尽致，体现了戍边官兵高举旗帜、听党指挥的政治品质，克服困难、忠诚戍边的奉献精神，旗帜鲜明、信念坚定的政治立场和服从大局、乐于奉献的责任意识。

这首歌 1964 年在北京参加全军文艺调演，受到了周恩来总理、叶剑英元帅的高度赞扬，由此唱红全军、全国，直到今天仍久唱不衰。而这个连队先后有 5 名同志应邀到北京参加国庆观礼并受到毛主席的接见，涌现了"全军优秀班长"章福海、著名作家唐栋等一批模范人物。

章福海是陕西洋县人，唐栋是陕西岐山人，他们用汗水和智慧在这里留下了自己人生浓重的一笔。章福海自入伍就在阿拉马力边防连服役，担任炊事班班长期间，他看到连队远离城镇，交通不便，气候环境恶劣，战士由于吃不上蔬菜普遍营养不良。怎样才能改变战士们的伙食呢？他心里很着急，但没有办法。1986 年，部队批准他回老家探亲，他到家后做的第一件事就是到集贸市场用自己的津贴买了一盘石磨。家人很奇怪，问他买石磨干啥用，他笑着说背回连队为官兵磨豆腐。陕西距离他服役的部队很远，那时候交通条件也不好。归队途中，他背着石磨转了 4 次车——汽车、火车，火车、汽车，还步行了近 40 公里路，硬是把石磨背回了连队。他当年用这盘石磨做豆腐 2000 多斤，并且使全连官兵每天都喝上了新鲜香甜的豆浆，受到大家的一致赞扬，章福海也因此被总部表彰为"全军优秀班长"。后来，章福海离开了连队，但他千里迢迢背石磨的故事却被一代代官兵传了下来，章福海精神被大家亲切地称为"石磨精神"。

著名作家唐栋，1969 年应征入伍，在这个边防连当过战士、文书、班长。1975 年开始发表作品，并调离连队。1984 年加入中国作家协会。著有小说《兵车行》《沉默的冰山》《雪线》等，话剧《岁月风景》《祁连山下》《回家》《棕榈，棕榈》等，结集出版有《唐栋作品集》（6 卷）、《唐栋剧作选》。其作品曾获全国优秀短篇小说奖、全国优秀话剧剧本奖、中国曹禺戏剧剧本奖、文华剧作奖等。唐栋离开连队 40 多年了，虽然他的工作单位经常变动，距连队也越来越远，但他对连队的情结却从来没有变。他多次来连队看望，先后赠送沙发，寄来文学作品、字画、照片等。我们在阿拉马力边防连院子的一块大石头上看到他写的"阿拉马力，我永远的思念与自豪"，他对部队感情之深可想而知。

在阿拉马力边防连院子里，我们还看到一棵夫妻树，树上挂的木牌上写着这棵树的来历。原来种植这棵树的一对恩爱夫妻也是陕西人，他们在这里举行婚礼，并且度了蜜月。妻子离开部队返回家乡时，夫妻难舍难分，为了寄托对彼此的思念，就在这里种下了一棵树。说来也怪，这棵树长着长着，两个枝竟然扭在了一起，很像是夫妻拥抱的样子。许多年过去了，这棵树依然茂盛如初，在这里讲述着一对夫妻的爱情故事。

太阳最先升起的地方

　　"那拉提"在蒙古语中意为"最先见到太阳的地方"。一个秋高气爽的日子，我们来到了这里。

　　我们从乌鲁木齐乘汽车到伊宁，走了整整 15 个小时，车窗外几乎全是荒漠，满目荒凉。

　　到伊宁已是掌灯时分，大街上车辆川流不息，路两旁灯光闪烁。伊宁是伊犁自治州州府，城区有人口 40 多万，被称为新疆的塞上江南。南北的天山山脉向东会合形成了伊犁河谷，伊犁河接纳了天山融化的雪水，从东向西一直流入哈萨克斯坦的巴尔喀什湖。伊犁河谷呈三角形，伊宁市坐落在伊犁河中游。

　　第二天清晨，我们漫步在绿树成荫、繁花似锦的街头，仔细欣赏这塞外城市的风貌，才知道伊宁是一座美丽的城市。如果不是那少数民族文字的招牌和少数民族同胞的面孔与服饰，我还以为是走在内地的繁华城市中。伊宁的高楼大厦、车水马龙，绝不亚于内地的许多城市。

　　早饭后，我们乘车去那拉提草原，沿伊犁河支流巩乃斯河东行。一路上，胡杨、白杨夹岸，像迎宾的仪仗队，又像是仪态万方、翩翩起舞的哈萨克姑娘。路旁奔流不息的河水在阳光照耀下泛着金光；绿色的庄稼、绿色的树木随风摆动，一派江南风光。更令我们感到惊奇的是，这里 8 月下旬还能见到金黄的麦田。要不是有远处的雪山、不时闪过的民居，我们就仿佛行进在江南的大地上。

　　行车约莫 3 个小时后，只见远处青山如黛、草原无垠，呈现出山绿、草绿、水绿的自然风光，我们旅途的疲惫顿时消失得无影无踪。说着笑着，我们就到了那拉提。

那拉提地处天山腹地，位于伊犁河谷东端，三面环山，巩乃斯河蜿蜒流过，"三面青山列翠屏，腰围玉带河纵横"，大自然的恩赐使这里风光秀丽、环境幽雅、植被丰富。那拉提独特的自然景观、悠久的历史和浓郁的民族风情构成了独具特色的边塞风光。有人说这里是塞上江南，有人说这里是空中草原，绝非虚构和夸张。登上山巅，举目四望，那拉提犹如一块镶嵌在黄绸缎上的翡翠，格外耀眼。这里山峦起伏，绿草如茵。既有草原的辽阔，又有溪水的柔美；既有群山的俊秀，又有松林如涛的气势。她以特有的原始自然风貌，向世人展示天山深处一道宛如立体画卷般的风景长廊。这里居住着热情好客、能歌善舞的哈萨克族儿女，至今仍保留着浓郁古朴的民俗风情和丰富的草原文化。

莽莽草原，蓝天白云，重峦叠嶂，脚下流水淙淙，小草野花发出阵阵清香，辽阔壮美的那拉提更显万种风情。

我们来到一顶漂亮的白色毡房前，毡房外表并不起眼，但内部豪华精致。男主人朗目高鼻，外表犷悍，但有些木讷。女主人皓齿明眸，快嘴利舌，热情招呼我们席地而坐，他们的两个小孩儿也帮着妈妈摆东西。女主人麻利地铺上餐巾，拿出饼糕、酥油、奶茶。我仔细看了毡房内部，前半部放着生活用具，后半部可住人待客。精美的花毯、壁毯挂在房内四周。在浓郁的奶茶香味中，我和女主人聊了起来。原来建这顶毡房花钱并不多，只是这些地毯、花毯、壁毯价值都比较高。

哈萨克族是善良、勤劳、勇敢的，对自然、对生活充满着热爱。一位依靠羊拉车招徕游客的哈萨克族男子告诉我，他们的那拉提很美丽，他们的生活很富裕，他们世世代代在这里生活，感到非常幸福。下山时，我发现开车的司机师傅的普通话十分标准，交谈中，方知这位年龄40多岁的男子是当年支边青年的后代。他的儿子现在原籍江苏上大学，他和父母、妻子依然在这块土地上生活着。也许是从小生活在这里的原因，他非常热爱这里，没有一点回内地的想法。在半山腰，当这位男子与他的哈萨克族朋友说话时，他们之间的熟悉和亲热明确告诉我，他早已把自己融入这块土地。

离开那拉提已是下午了，再回头，只见皑皑雪山连着无际的牧场，绿草茵茵，羊群像天上飘动着的云朵，星星点点的毡房冒着袅袅的炊烟。明天，这里的朝阳依然会最先升起，染红草原；依然会有许许多多的人向这个"最先见到太阳的地方"走来……

钟槐哨所的故事

2014年5月22日上午，我们从昭苏县城出发，两个小时后，终于来到了钟槐哨所。

哨所前有两块大石头，刻着介绍哨所由来的文字，后面是四间简陋的小木屋，门边上挂着的长条木牌上写有"七十四团民兵哨所"八个大字。大石头的右侧是新建的一座哨所展览馆。展览馆一位精干的讲解员带我们进行了实地参观，随着讲解员细致的讲解，"钟槐"战友们的生活工作场景慢慢地重现在我们眼前……

2007年，电视连续剧《戈壁母亲》在昭苏垦区外景地拍摄时，主人公钟槐无怨无悔地守边护边的精神，让团场的干部职工十分感动，他们称之为"钟槐精神"。在七十四团百余公里的边防线上，分布着许多"钟槐哨所"，生活工作着许许多多的"钟槐"，他们一边生产，一边巡逻，担负着边境管理员、国防知识宣传员、边境情况报告员的重任，成为边境线上永不换防、永不转业、永不挪位的生命界碑。七十四团党委因势利导，推出"钟槐哨所"旅游品牌，以爱国主义基地建设为切入点，要把"钟槐精神"世代传承下去。2008年，《戈壁母亲》剧作者韩天航受邀来到该团界沟一号哨所采风，韩天航被七十四团民兵无怨无悔的护边精神所感动，于是将一号哨所命名为"钟槐哨所"。团党委立即将这四个大字深深地镌刻在石碑上，并投入了20余万元将护边员住的简陋小木屋修缮一新，作为军垦文物陈列室，门前铺设石子路，撒上草籽，尽量做到尊重历史原貌。全团收集军垦历史文物200余件，黑白老照片100余张，充实陈列室。全团100余名干部职工搬石上山，在哨所对面的山坡上垒出了"钟槐哨所"四个醒目的大字，方圆百里清晰可见，也使得钟槐哨所声名远扬。

距离钟槐哨所不远的山坡上竖立着一块大清界碑。

2009年，伊犁州文物局在文物普查中，于昭苏县坡马南天山北坡中哈边界东侧发现一处清代卡伦遗址。卡伦是满语，意为瞭望、守卫，是清代在边疆地区设置的防御、管理设施。

1864年10月，沙俄用武力威逼清政府签订了《中俄勘分西北界约记》，鲸吞了包括斋桑泊、巴尔喀什湖、伊塞克湖和楚河、纳伦河在内的中国西北44万多平方公里的土地。此后，沙俄又通过《中俄伊犁条约》等若干不平等条约掠走了中国伊犁和帕米尔地区9万多平方公里的土地。

清政府接二连三地丧权失地，让驻守在伊犁木扎尔特"卡伦"的守边官兵逐渐失去了守边成边的意义。光绪八年（1882年）九月十八日清晨，一块花岗岩做成的石碑悄悄立在了纳林果勒河东岸的草滩上。原来《中俄伊犁条约》签订后，边界上所立界碑由沙俄政府制作，清政府提供尺寸及所需经费。但是，由于界碑制成后，清政府官员没有到现场监督立碑，沙俄趁机将石碑向我境内推进了20余公里。驻守"卡伦"的清朝官兵闻讯赶到这里，面对边界异常情况十分愤怒，他们一起将石碑推倒。然而埋伏在丛林里的俄国骑兵袭击了他们，11名守边官兵全部牺牲。自此，昭苏边境无人守护。悠悠百年，老界碑见证了历史的硝烟，也见证了边防军人艰危的际遇。

中华人民共和国成立后，木扎尔特河畔，汗·腾格里峰脚下，驻守着一支不穿军装、不戴军衔、不拿军饷的特殊队伍。他们农忙时是生产能手，农闲时习武扛枪，成为维护昭苏地区社会稳定和边境安宁的一支不可替代的重要力量，他们就是身经百战的，有着正宗红军血统的农四师七十四团的民兵。

50多年过去了，当年的老战士有的已经不在，他们的第二代、第三代又接过父辈手中的牧羊鞭和坎土曼（铁质农具），还有钢枪，继续劳作在这片土地上，守卫着这片国土。他们与军队、各族群众在边境地区建起四位一体的联防体系，打击和抵御境内外分裂势力的破坏，保卫着祖国边疆的稳定和安宁。

2000年，该团林场蒙古族护边员布仁特克斯与妻子巴帕一起来到纳林果勒界沟哨所，义务担负起了护边守边的重任。布仁特克斯做的第一件事就是与妻子一起在哨所门前立了一根国旗杆，每天早晨坚持升国旗。当时，妻子对他的举动有些不理解："在这里升国旗又没有人来观看，有什么意义？"布仁特克斯认真地对妻子说："国旗是国家的象征，我们每天升国旗就是在表示我国领土神圣不可侵犯。"十年如一日，在每个寂静的清晨，布仁特克斯准时在哨所前升起国旗。他7岁的小儿子面对冉冉升起的国旗，用稚嫩的嗓音唱着国歌。升完国旗，布仁特克斯总是匆忙吃完早饭，赶牛羊到草地吃草，然后沿边境线进行巡逻。每次巡逻完毕，布仁特克斯都要认真填写边防派出所统一印发的边境管理日记，将情况详细记录下来并及时汇报给边防派出所。2015年7月初，在纳林果勒界河巡逻的布仁特克斯发现有几个陌生的身影出现在界河边，赶紧上前阻止。一番仔细询问后，他了解到这几个人是来旅游的，违反了边境管理规定，于是劝其返回，并向他们宣传了边境相关法律法规知识。像这样的事情，布仁特克斯每天都要处理几件。"一个人走在边境线上，站在神圣的界碑前，我从未孤单过，因为我是祖国的护边员，我的身后是祖国。"这是义务护边员布仁特克斯写在"护边日记"中的一句话。

为七十四团和驻地官兵以及边民提供邮政服务的是木扎尔特邮政支局。这个支局有五位员工，支局长刘军、驾驶员兼投递员张建新都是七十四团的子弟，地道的兵团传人。他们生在昭苏，长在兵团，工作在邮政局。他们从小喝木扎尔特河水，在汗·腾格里峰脚下放牧，看父辈戍边卫国，耳闻目染、潜移默化，培养出了吃苦耐劳、艰苦创业的精神，养成了忠于职守、爱岗敬业的良好习惯。

刘军告诉我们，木扎尔特属于高原地区，海拔最高2400多米，气候寒冷，只能种小麦、油菜，一般蔬菜难以种植。这里没有春天，夏天还没有感觉到，漫长的冬天就来了，雪下起来没完没了，经常堵住屋门。不下雪的时候就下冰雹，常常形成自然灾害。可是，无论气候环境如何恶劣，邮政的正常营业与服务从不受到影响。

木扎尔特服务的单位有22个，服务300多人，但是因为地广人稀，单位之间的距离都很远。每天县局的邮车一到，张建新就开始分拣邮件，然后把重要的急件送去，如果没有急件就先去邮政支局附近的单位，第二天再去距离远的边防连和哨所。蛇山哨所、波马哨所距离远，道路崎岖难行，但是张建新从没有延误过任何邮件。七十四团党委做出学习钟槐精神的决定后，木扎尔特邮政支局也在员工中开展了"学习钟槐精神，做好本职工作"的活动，第一时间与七十四团合作，设计制作了钟槐哨所明信片，提升了钟槐哨所的宣传效果。"八一"建军节，刘军带邮政支局全体同志到部队慰问官兵，与战士们一起联欢。逢年过节，他们带着月饼、粽子、绿豆糕、地方土特产到连队服务。所有官兵包括退伍官兵需要邮递包裹，他们随叫随到，只要打个电话，邮政支局的同志就会很快赶到部队服务。波马边防连的官兵对木扎尔特邮政支局的工作非常满意，说邮政局的人是他们的好朋友，投递员张建新是最值得信赖的人，他们经常把自己的卡或者钱交给张建新，让他帮他们办理各种业务。

一次，张建新送邮件到连队的时候，发现一位战士情绪不大好，侧面一了解，原来是这位战士的父亲因病住院了，因为缺钱不能做手术，这位战士很着急。张建新急忙赶回家凑了1500元钱，并按这位战士提供的地址当天就汇了出去，使这位战士十分感动。

傍晚，我们在返回伊犁的路上，再一次翻越白石峰，走到山下时下起了淅淅沥沥的小雨，走到半山腰时雨下大了。不一会儿，雨滴变成了冰雹，上到山顶的时候，鹅毛大雪已经满天飞了，透过满是水滴的汽车玻璃，我看见汽车外一片混沌的白色。

这个季节是其他许多地方姑娘们穿裙子的夏天，这里却是一派银装素裹的北国风光啊！

格登山上格登碑

格登碑位于昭苏县城的西南方，在中哈边界的格登山上，碑的全名为"平定准噶尔勒铭格登山之碑"。格登碑之所以名声很大，除了因为碑上文字是新疆发现的乾隆皇帝唯一御笔外，更多的是因为它昭示着祖国的完整和统一。

格登碑高2.95米，宽0.83米，厚0.27米，碑的顶端刻有盘龙，正面刻着"皇清"二字，背面刻着"万古"二字，碑座刻着日出东海的浮雕图案。碑正面用满文、汉文，背面用蒙文、藏文刻着乾隆皇帝的御笔，以汉文计共210余字，全文竖排，记载的是清军平定准噶尔部首领达瓦齐叛乱、收复伊犁的战绩。由于格登山之战是清政府平定准噶尔部叛乱的最后决胜地，故乾隆二十五年（1760年）春立该碑在格登山上，以资纪念。

公元1745年—1754年间，准噶尔部上层贵族内讧，连续发生了多次争权的混战。争斗的最后，达瓦齐夺取了汗位，继而在沙俄的唆使下继续分裂祖国的行径。乾隆二十年（1755年）二月，清军兵分两路讨伐达瓦齐。一路由定北将军班第率兵自乌里雅苏台西进，一路由定西将军、陕甘总督永常率兵从巴里坤出发，直抵达瓦齐长期盘踞的伊犁。这次讨伐顺应了西域各族人民包括准噶尔部人民反对分裂、维护统一的愿望，清军所到之处，准噶尔各部纷纷归顺，各族人民携奶酪、牛羊，载歌载舞欢迎清军。兵行千里，长驱直入。四月底，两军会师在博尔塔拉河畔，稍做休整后挥兵直捣伊犁。达瓦齐负隅顽抗，拥兵万余人退居现在的昭苏县格登山上，企图孤注一掷。班第乘胜追击，兵分两路包围了格登山。五月十四日，翼长阿玉锡、章京巴图济尔噶尔、宰桑察哈什三位勇士率22名精锐骑兵出其不意地夜袭了敌营，打得达瓦齐军措手不及，乱成一团，死伤无数。达瓦齐逃到南疆乌什，被乌什首领霍吉斯擒获，押解到北京。至此，准噶尔割据政权覆灭。为了纪念格登山之战，1759年乾隆皇帝下令"来春于伊犁格登山刻石记功"，并亲自撰写了碑文。碑石为青砂石质，由清官兵1000余人从南疆叶城县运至格登山。

百年沧桑，霜浸雨欺，格登碑碑文依然清晰可见。格登碑是维护祖国统一，反对民族分裂的历史见证。数百年前，清朝的将士们就为了祖国的统一舍生忘死，决战在这里。

我站在格登山上，看脚下山花烂漫，听山风从耳边呼呼刮过，这呜咽的风声仿佛诉说着几百年前的那个夜晚，22位勇士冲进敌军的大营，奋不顾身杀敌的故事。这场战斗永载史册。格登山逶迤起伏，格登碑见证了历史。

格登山之战已经过去许多年了，如今这里还有一群官兵日夜守卫着祖国的边疆，生活和战斗在这里，续写着保家卫国的英雄篇章。他们就是松拜边防哨卡年轻的官兵们。

松拜边防哨卡的官兵都熟悉格登山和格登碑的历史，他们决心像当年那些守卫格登山的将士们一样，守卫好脚下这块土地。洪楚舜，21岁，是松拜边防连的一个老兵。走进哨卡，这个小伙子的活泼可爱就引起了大家的注意。他是湖北土家族人，退伍之后还要回去继续完成自己的大学学业。他从小怀揣军人梦，高中毕业后考上湖北武汉警官职业学院。眼看着参军的年龄就要过去，他心里很着急，大学一年级的时候申请保留学籍去参军，并且要求到最艰苦的新疆当兵。

警官学校很好呀，为啥非得当兵呢？许多人不理解。这位九〇后小战士告诉我们，他从小就觉得好男儿应该到部队去，到最艰苦的地方去，到祖国最需要的地方去。现在梦想成真了，他觉得特别充实。连队领导和身边的战友让他觉得温暖亲切。到部队的第5天，洪楚舜给爸爸妈妈写了第一封信，感动得妈妈直流眼泪，爸爸打电话对他说："孩子，你真的长大了，懂事了，部队教给了你许多。"

洪楚舜说，尽管现在电话很方便，但那封寄给爸妈的信似乎有着非同一般的意义。爸妈将其视若珍宝，想他的时候就会拿出来看看。一年多的军旅生涯让洪楚舜从一个肩不能扛、手不能提的娃娃变成了一个肤色黝黑、身板结实，翻身上马、持枪巡边的钢铁战士。

接待我们的松拜边防连连长是位北京籍青年，他对这里的历史和现状十分熟悉，感情很深。听说他就要转业了，我们问他以后的去向和打算，他低头沉思了一会儿说："还没想好，一说到离开这里，这心里还真不好受。"

在这里，我们采访了许多官兵，每个人的故事都让我们感动。我们明白，正是因为有千千万万这样的官兵，我们神圣不可侵犯的边防线才牢不可破。

松拜边防连连长告诉我们，当地政府已经决定在格登山上建格登山纪念馆，使之成一个重要的教育基地，展示格登山之战的历史，弘扬格登山之战的精神。

这无疑是一件大好事，期待教育基地早日建成。

新疆的美食

离开伊犁那天，伊犁邮政公司的一位陕西老乡请我吃饭。我们来到一家门面很大的面馆，菜单上有陕西岐山面，我却点了新疆的拉条子拌面。大大的面碗（应该是盘子）端上来，色与香首先勾起了人的食欲。入口之后，发现面醒得好、拉得细、有筋道，辣子、葱头、胡萝卜、西红柿也都入了味儿。

陕西人爱吃面众所周知，我这个地道的老陕就更不例外，一直认为面条是陕西的特产和专利。到了新疆才知道，2500 年前新疆人就吃面条了。

2011 年，新疆鄯善县苏贝希遗址出土了一碗粟米面条，一根根面条粗细均匀。据记载这是新疆地区发现的年代最早的一碗面条。这个发现入选了美国《考古学》杂志，这家杂志称这碗面条保存非常完整，考古学家有望在不久后模拟复制这种面条，体验一下古人的饭食。

一碗面条怎么可能保存好几千年呢？当初在杂志上看到这则消息时，我和大家一样好奇。据主持苏贝希遗址发掘工作的新疆文物考古研究所研究员吕恩国介绍，吐鲁番盆地降水稀少，气候极为干燥，所以考古遗址中的许多植物及食物遗存往往由于迅速干燥脱水而得到了较好的保存。

实际上，新疆古代的面条有很多种，据汉文文献记载，面条是西域胡食，做法细致。当时，面条被称为饼，是用擀面杖将和好的面擀开、擀薄，然后切成宽条状。汤饼可荤食，可素吃，加工时汤里可放肉和胡瓜、黄瓜等蔬菜。我在新疆多次吃汤面片、拉条子、爆炒面等，估计古人说的汤饼就是汤面片。

以前，我一直以为新疆人只吃肉，到了这儿才知新疆还有美味可口、吃了就忘不掉的面食。各式各样的点心、各种各样的馕饼，无论在城市的店铺、街头巷尾，还是在乡镇的集市小摊上，都能看得到。

在阿斯塔那古墓群里，还出土过一块月饼，圆圆的，中间有图案，四周有莲花瓣样的花纹和松针花纹，而且排列整齐，错落有致，看上去很漂亮。据说，这是目前新疆出土的唯一的月饼。

饺子是中华民族的传统美食之一，没想到生活在新疆地区的古代先民们很早以前就吃饺子了。新疆的朋友告诉我，在鄯善三个桥墓地曾出土过三只饺子，和现在的饺子一模一样。考古学家认定是魏晋南北朝时的。后来，吐鲁番一处墓地也出土过饺子，除少数有残缺外，大部分保存得比较完整。这说明在魏晋南北朝时，新疆已经有饺子了。

新疆的朋友说，新疆的考古学家曾在塔克拉玛干沙漠深处的小河墓地发现了颗粒饱满的小麦。原来数千年前，生活在这里的小河人就从事着农业生产。据专家分析，小河墓地出土的小麦，可能是欧亚西部人群大规模迁徙的产物。小河墓地距今4000—3500年左右，是目前新疆境内年代最早的墓葬。

和布克赛尔蒙古自治县和什托洛盖骆驼石遗址、巴里坤县石人子乡新石器时代遗址、罗布泊孔雀河墓地都出土过麦粒，哈密五堡墓地出土了粟。这些新疆最早粮食作物的发现表明，古代新疆地区的农业发展开始很早。进入两汉时期，丝绸之路的畅通，商业贸易的繁荣，内地先进生产工具、生产技术的不断传入，使新疆天山以南地区的经济有了一个质的飞跃。当地人民生活水平不断提高。

除了面食，新疆的瓜果更是世界驰名，素有"瓜果之乡"的美称。

吐鲁番的葡萄干含糖量极高，肉质饱满，尤以色泽翠绝独占鳌头。哈密瓜素以香脆甜爽著称，是古代贡品。库尔勒香梨因皮薄肉细、甜酥多汁、果香浓郁、清香爽口而被视为果中珍品，也是国际市场上的畅销货。新疆瓜果香甜、品质好与新疆气候干旱有直接关系。此外，新疆日照时间长，太阳辐射强，热量充足，昼夜温差大，这些也是瓜果香甜的原因。

第八章　移动的家

　　从富蕴县县城去可可托海的路上，我们的车好长一段时间被羊群阻挡着。羊群铺天盖地，白花花一片，任司机如何按喇叭也没有用。同车的新疆朋友告诉我这是牧民在"转场"。我不明白，朋友笑了，说："就是搬家。"

　　走进新疆，你经常会看到白色的毡房，把绿色的草原点缀得格外美丽。而这白色的圆形毡房并不都是蒙古包，因为新疆的哈萨克族、柯尔克孜族、塔吉克族等游牧或半游牧民族都住毡房，而且形制基本一致。哪个是蒙古包，哪个是哈萨克人或者柯尔克孜人的毡房，有牧区生活经验的新疆人一眼就分

得出来，我们这些外地人却是区分不出的。这要根据毡包的装饰风格，活动于毡包内外的人，毡包附近放置物品与拴马的习惯综合判断。

蒙古人说，草原上的牛羊不可能总在一块草地上吃草，草长得哪有牲畜吃得快，所以过一段时间就要把牲畜赶到别的地方去放牧。草原上的冬天是严酷的、漫长的，牧人和牲畜都需要找一个既少雪又有干草的地方过冬，这就有了冬牧场和夏牧场的划分。这样，移动的蒙古包和毡房也就成了这些游牧或半游牧民族移动的房子。选定地方后，牧民们就按照固定程序搭建起蒙古包或毡房，走时拆卸折叠，往骆驼背上一捆，赶着牛羊就出发了。

这些移动的房子里装着牧人的全部生活，装着牧人的喜怒哀乐，承载着牧民们祖祖辈辈幸福甜蜜的日子。蒙古包和毡房的游移在草原上也是永远的风景和古老的风情。

走进阿图什

  阿图什市位于新疆西南部，天山南麓，塔里木盆地西缘，是克孜勒苏柯尔克孜自治州州府。该市西通中亚各国，南通巴基斯坦、印度，北连吉尔吉斯斯坦，紧邻喀什特殊经济开发区。境内居住有柯尔克孜族、维吾尔族、汉族、回族、哈萨克族、乌孜别克族、满族等 11 个民族的人民。

  汉朝前，阿图什属疏勒国。汉宣帝神爵二年（前 60 年），正式归入汉朝版图。魏晋时，阿图什辖于西域史府。隋开皇三年（583 年），阿图什属西突厥。唐贞观二十三年（649 年），隶属于安西都护府之疏勒都督府。唐开成五年（840 年），回鹘等部建立喀喇汗王朝，阿图什是其领地。元明之际，阿图什属东察合台汗国。明正德九年（1514 年），叶尔羌汗国建立，阿图什是其领地之一。清乾隆二十四年（1759 年），清政府平定大小和卓之乱后，阿图什受喀什噶尔参赞大臣管辖，设阿奇木伯克管理地方事务。清光绪十年（1884 年），阿图什辖于新疆省。1938 年 9 月，阿图什设治局成立，下设 4 镇 6 乡。1943 年 1 月，阿图什设治局升格为丙级县，由喀什行政长公署管辖。1950 年 3 月成立阿图什县人民政府，由喀什专员公署管辖。1954 年 7 月 14 日，克孜勒苏柯尔克孜自治州成立，阿图什县划归其管辖，并被定为自治州首府。1986 年 6 月，国务院批准撤销阿图什县，成立阿图什市。

  阿图什市境内以土地、戈壁、荒滩为主，耕地少。全市总面积 1.61 万平方公里。阿图什市境内多山，有高山、中山和低山之分，高山海拔在四五千米以上，山顶常年积雪，雪线以上冰川密布。中山和低山分布较广，且谷地、盆地遍布山间。盆地中有大量沉积物，土层发育较厚，最厚处可达 1000 多米。因干旱缺水等原因，大都尚未开发，为植被稀疏的戈壁荒地。

阿图什境内有大小山峰134座，海拔4000多米的山峰有22座，其中最著名的是喀拉铁克山。如果把天山比作一位巨人，那喀拉铁克山就是巨人的一只巨大的胳膊，它绵延百余公里，横亘在阿图什市北部，成为阿图什市北部的天然屏障。冬天，它挡住了自北方呼啸南下的寒冷空气，使阿图什免受冰雪严寒的袭击；夏天，它又为阿图什提供了充足的水源，滋润着阿图什的土地和生灵，使阿图什得以有风和日丽、四季分明的气候环境，得以有丰饶的五谷和迷人的花香，并成为享誉天山南北的瓜果之乡。

阿图什最具特点的五彩山位于市区以北30多公里处的吐古买提盆地北部，越深入山区，山体的颜色越美。有白茫茫的雪山，红彤彤的红土山，黑黝黝的青石山，灰蒙蒙的沙崖山，多种颜色的山体纵横交错，连绵不断，五彩缤纷。

抬眼远望，远处耸立的雪山阴坡分布着一片片云杉，如同一块块绿色的宝石镶嵌在汉白玉似的山体上。而红色的山体却如同团团燃烧的烈火，吐着火苗，让人有一种灼热的感觉。裸露的山脊是五彩山最迷人的风景，在一个山坡或者一个断层经常出现红、黄、青、白、紫不同的色彩交织在一起，令人眼花缭乱。

世界上被称为大峡谷的风景区很多，阿图什的大峡谷却有它独到的美和奇。

阿图什大峡谷位于阿图什市吐古买提乡，距阿图什市38公里。走进大峡谷，但见怪石突兀，天蓝水碧，泉水清澈，灰鹤翱翔，雪鱼畅游，让人身临其境地感受到"艳阳山间照，清泉石上流，雪鱼浅底游，奇山水中映"的奇妙美景。再往前走，随处可见泉水潺潺，顺着小溪走下去，经过九转十八弯仍望不到头，只见清洁的泉水在阳光下闪闪发光。据当地人说，这泉水一年四季不断地流淌，含有各种有利于人身体健康的矿物质和微量元素。峡谷内还有百余年的大柳树、桑树等，枝干粗壮，上可卧人。

上阿图什镇西天山南脉有座天门，距阿图什市75公里。耸立在帕米尔高原上的这座"天门"，宽100米，高500余米，屹立在旷野中，"欲与天公试比高"。有时在蓝天之下，大多时候又在云雾之中，形成一道奇特的自然景观，显示了大自然的鬼斧神工。

天门右壁上有像蜂巢的石穴，在它面前讲话能听到回音。左壁表面像一幅图案千奇百怪的壁画，过往的行人纷纷在这里留影。站在天门中间，任何人的话语都会有回音。到天门的人可以体验到别处体验不到的美妙感觉，每年都有大批的国内外游客到天门感受天门的神韵。

在阿图什境内，因地壳运动频繁，地质结构存在很大差异，由此产生了不同的河床颜色，致使河流的颜色也随之变化。河两岸的树木等植物生长的疏密程度不同，也导致了河流水质不同。当然，也有水土流失或发洪水等原因。所以，阿图什的河流就以不同颜色为名字，有克孜勒苏（意为红水河）、阿克陶（意为白水河）、喀拉苏（意为黑水河）等。这些河流，有的一直是以一种颜色向下游流动，有的河上游还是绿色或者白色的水流，到了下游某个河段则因河床颜色的不同而改变了颜色。在一个较小的区域内，能够同时看到不同颜色的河流，的确令人赏心悦目。

阿图什属典型的温带大陆性气候，四季分明，光热充足，干旱少雨。春季升温快，天气多变，多浮尘，风微雪少。这里最热月平均气温 27.4 摄氏度，最冷月平均气温 零下 9 摄氏度，无霜期长，降水量最少的平原区年降水量78 毫米，最多的中山区年降水量250 毫米以上，境内多西北风。

阿图什野生动植物分布区广，种类繁多，共有 60 余种列入国家重点保护范围，有棕熊、仙鹤、猞猁、雪豹、长尾雉、天鹅、青羊、盘羊等动物。还有党参、掌参、独活、阿魏、野红花等珍贵的药用植物。

阿图什已探明有钒、钛、铜、锰、铁、铅、锌、磷、大理石、石灰石、冰洲石等 32 种矿产。有 5 大金属矿，还有 4 大非金属矿。硝尔库勒盐湖位于阿图什市东北哈拉峻乡，水域面积约 50 平方公里，分上下两个盐湖，两湖由一条水道连接着。上盐湖多为芒硝，湖中偶尔可见一小块一小块的绿色植物，湖边生长着稀落的胡杨。下盐湖水域面积较大，平均水深 1.2 米。天气晴好时，置身其中，水天相映，仿佛进入了冰天雪地的银色世界。硝尔库勒盐湖和吐孜苏盖提盐湖风景如画，两个盐湖盐矿储量丰富，质量优良。

阿图什古柳林位于哈拉峻乡乡政府西北方向，占地 120 亩，四面环山，自然景色非常优美，气候凉爽宜人。柳树形态千奇百怪，有的像威风凛凛的勇士，有的像婀娜多姿的仙女，有的像静卧的雄狮，有的像身披铠甲的武士。树龄最长的一棵柳树需四人才能合抱，树身已经干枯，树冠依然罩着一头翠绿。据考证，这片柳树林距今至少有800年的历史。更为奇特的是，柳树根部还有清澈的泉水溢出，饮之沁人心脾，令人回味无穷。身处此境，仿佛进入仙境一般，给人无限遐想。

阿图什经济以种植业为主，畜牧业次之。盛产瓜果，尤以无花果著名，还有木纳格葡萄、卡拉库赛甜瓜、胡安纳杏、石榴等特色果品，有"中国木纳格葡萄之乡""无花果之乡"的美称。无花果是自治州的名优特产。阿图什无花果属普通栽培种。幼果色绿，随成熟度加深逐渐变为淡黄色、黄色，果汁黏，甜而不腻，清爽可口，当地果农称之为"树上结的糖包子"。

"木纳格"为维吾尔语，木纳格葡萄的意思是像结晶体一样晶莹美丽的葡萄。木纳格葡萄在新疆的天山南部、塔里木盆地边缘各绿洲均有栽培，尤以阿图什市的品质最佳。木纳格葡萄分布上限海拔1850米，适宜栽植区在海拔1500米以下，最佳栽培区在海拔1300米左右。

木纳格葡萄糖分含量高，皮较厚，耐储耐运。一般情况下鲜果可以储存到来年3月，在当地有"四季皆鲜"的美称。便于长途运输，可销售到东南部沿海和国外。果穗大，单穗可达3公斤，果粒大，籽少，果味酸甜适度。

阿图什境内有喀喇汗王朝遗址苏里堂麻扎、莫尔佛塔、汉代佛窟"三仙洞"等名胜古迹和文化遗产。

萨图克·布格拉汗是回鹘人中第一个信奉伊斯兰教的，也是喀喇汗王朝实际的创始人。喀喇汗王朝是指9世纪末到13世纪初在塔里木盆地西部和帕米尔高原以北以西地区存在的、由葱岭西回鹘联合当地其他民族建立的政权。

萨图克是王朝大可汗巴泽尔的次子，915年，他率众攻入八刺沙衮，夺取了政权，从而在喀喇汗全境推行伊斯兰教并发动圣战，统一了喀喇汗王朝内部实际上不相统属的两个地区，又从邻近的萨曼王朝收复大量失地。

萨图克·布格拉汗麻扎在新疆伊斯兰教中历来被认为是一个重要"圣地"，也是伊斯兰教教众逢节日时必定朝拜之处。穹庐式的高大陵墓经过30多次修缮，其建筑风格与装饰图案富有艺术价值。

阿图什市的佛窟三仙洞据考证开掘于东汉末年，是迄今发现的我国西部最古老的佛教洞窟，是古代疏勒地区仅存的一处佛教遗迹，异常珍贵。

三仙洞位于阿图什市以西20多公里的上阿图什镇塔库提村恰克玛克河岸边的悬崖峭壁上，三洞并排，离地面有20多米。每个洞高2米多，宽1米多。

洞内分前、后两室，前室长宽约 4 米，高约 2.5 米，后室约为前室的一半。只有东侧的石窟还保存有一些珍贵壁画和藻井。

三仙洞很可能是自佛教传入中国后，中国西部保留下来的最早的一个佛教洞窟遗迹，开窟时间距今已逾 1800 年。它对于研究佛教东传的历史和中国古代早期石窟艺术具有一定价值。

阿图什市平原农区的主要居民为维吾尔族人，人口约 15 万，占全市总人口的 80% 以上。

乌恰的两张名片

乌恰县有两个名人，他们是当地两张闪亮的名片，一位是布茹玛汗·毛勒朵，另一位是吴登云，他们都与邮政有着深厚的情结。

布茹玛汗·毛勒朵，柯尔克孜族，19 岁踏进海拔 4290 多米的冬古拉玛山，成为一名护边员，40 多年来无怨无悔。她在巡边路上走了 10 万多公里，相当于走 7 次长征路，默默地把自己的青春年华奉献给了祖国的边防事业。在她守护的边境线上埋设了 200 多块刻有"中国"字样的界碑，也刻下了她对祖国的无限忠诚。她执着的守边信念和对官兵博大的母爱谱就了一曲感人至深的人生之歌。她先后被评为"感动新疆十大人物""全国爱国拥军模范""中国十大母亲"。

吴登云，江苏扬州人，1963 年大学毕业后志愿来到新疆乌恰县人民医院工作。为改变当地缺医少药的医疗卫生状况，他付出了巨大的努力，受到当地各族人民的衷心爱戴。从 1966 年吴登云第一次给病人输血至今，他先后无偿为病人献血 7000 多毫升。1971 年 12 月，为了抢救一名被烧伤的婴儿，在用各种方法数次为婴儿尝试植皮都未能成功的情况下，吴登云从自己的腿上割下了 13 块邮票大小的皮肤植到婴儿身上。在他的感召下，乌恰县有 1000 多名机关干部职工参加了"永恒血库"志愿活动，涌现出一支献血大军。乌恰县山高路远，地广人稀，牧民缺医少药。从 20 世纪 60 年代初到 80 年代末，吴登云每年都要用三四个月的时间到牧区巡诊和防疫。他骑着马，背着药箱，踏遍了全县 9 个乡 30 多个自然村，牧民们称他为"白衣圣人"。吴登云有多次机会可以调回家乡或到条件好的地方工作，但他认为，乌恰的人民需要他，于是坚定地留了下来。吴登云培养出的少数民族医生现在已经成为医院的骨干，而他深爱的女儿却为了护送病人长眠在了帕米尔高原。

2015年5月8日早晨，我们从乌恰县城出发，中午时分到了吉根乡沙孜村，乌恰县委宣传部副部长、吉根乡党委书记和我们一起走进了布茹玛汗·毛勒朵的家。这是一个传统的柯尔克孜族牧民家庭，门上方的铜牌上写着"护边之家"四个大字。一间房子放满了"农家书屋"的书，另一间房子的墙上挂满了有关布茹玛汗·毛勒朵事迹的照片，两张桌子上摆满了她的奖状、奖牌、奖杯和奖章。

布茹玛汗·毛勒朵满面笑容地把我们迎进家里，又端来奶茶让我们喝。通过县邮政公司一位柯尔克孜族同志的翻译，我们开始了对她的采访。

布茹玛汗·毛勒朵望着我们笑了笑，就开始讲她护边的故事，以及与邮政的故事。

这里是祖国的最西边，地处偏远，交通不便，消息闭塞，和外界接触交流主要靠邮政投递员。所以，这里的牧民、边防战士都非常喜欢邮政投递员，投递员帮他们，他们帮投递员，大家亲得和一家人一样。冬天大雪封山，交通受阻，边防哨所上不去，布茹玛汗·毛勒朵就帮投递员转送报刊信件和包裹；连队新来的战士投递员不熟悉，她就替投递员把邮件送到战士手中。投递员到沙孜村或者路过沙孜村，也经常到布茹玛汗·毛勒朵家里歇脚、喝茶、吃饭。布茹玛汗·毛勒朵识字不多，投递员每次到她家里都给她读报纸、讲时事。特别是布茹玛汗·毛勒朵出名以后，全国各地寄来的信件很多，投递员每次来都念给她听。乌恰县邮政公司的人说布茹玛汗·毛勒朵是邮政编外职工，布茹玛汗·毛勒朵说邮政人是她的亲戚。

离开布茹玛汗·毛勒朵家的时候，她一直把我们送到大门外，还让家里人拿来刚打出的馕让我们带到路上吃。

在从斯姆哈纳边防连返回乌恰县城的路上，乌恰县邮政公司经理车伟生接到了吴登云的电话，说他正从喀什往乌恰赶，估计很快就会和我们见面。

消息令人振奋，因为我们前一天晚上就得到吴登云爱人住院的消息，心想采访估计不能成行了，没想到他还会来见我们，大家都很高兴，司机师傅也把车速加快了。

傍晚，我们在乌恰县人民医院会议室见到了76岁的吴登云，老人个头不高，满面红光，声音洪亮且健谈。听我们说了来由，他的话匣子就打开了。

　　吴登云大学毕业后一路从扬州奔波到乌鲁木齐，又从乌鲁木齐坐了7天汽车到了乌恰。下了车，他就傻眼了，大漠戈壁，荒山秃岭，人烟稀少，树仅有几棵，整座县城还不如江南一个村子。县政府、县委大门外树上挂的大铁圈就是干部上下班打的钟，上班打两下，下班打三下，就像家乡生产队队长在喊社员上下工。当时，吴登云很不适应，白天上班顾不上想这些，晚上却难过得睡不着觉。为了打发日子，他满县城借书看，很快，能借到的几本书就看完了，没事干就想家，一天晚上还流了眼泪。抹完眼泪忽然想到了给家里写信，信写完了，他感觉一下轻松了许多。从这以后，他过几天就给家里的亲戚朋友写信，说自己和乌恰的情况，听他们在回信中讲家乡的事情。写信、盼信；盼信、写信，这样他很快和邮政局打上了交道。那个时候，人们远距离交流的主要渠道是信件，吴登云与家人也只能靠写信互通情况，交流信息，祝福问好。吴登云说，那时候一看到穿绿衣服的人就兴奋，就像见到了亲人，因为给自己送信、报刊和包裹的都是邮局的这些人。几十年过去了，他至今都记得邮局的大门、营业厅，特别是邮局的马厩和几匹非常出色的马。

　　说到马，吴登云很兴奋，两只眼睛放着光。他说，那个年代好马少，全县城就数邮局的马好，个头大，体格好，跑得快。那个年代，吴登云经常到乡下和边境巡诊，给牧民和边防官兵看病，路途遥远，交通主要靠马匹。从乌恰县城到斯姆哈纳边防站没有大路，去一次非常困难，每次巡诊，吴登云都要到邮局找跑这条邮路的邮递员邹根林结伴同行。一人一匹马，一个看病，一个送邮件，走的路线相同，找的人也一样，路上遇到事情还能相互照应。这样，他们白天工作，晚上住在牧民家里，路上饿了吃一口馕，渴了喝一口自带的水，赶到饭时了就在牧民家里吃。牧民和边防战士对他们非常热情，战士们一看见他们就欢呼雀跃、一拥而上，围着他们，就像见到了亲人一样高兴。

　　吉根乡斯姆哈纳村在祖国的最西部，被人们称为太阳落山最晚的地方。这里冬天大雪封山，道路难行；夏季经常发大水，交通受阻，骑马过河也很艰难。可是，不管气候如何变化，道路怎样难走，吴登云和邹根林的行程是雷打不动的。

吴登云永远也忘不了那个夏天，他们路上遇到大暴雨，干涸的河道突然洪水咆哮，两匹马也吓得不向前走了。情况紧急，容不得犹豫，吴登云和邹根林冒着危险把马牵过了河。他们的衣服全湿了，用雨衣包着的邮件也被河水打湿了。还好，太阳又出来了，他们就把信件、报刊摆在戈壁滩上晒，直到全部都干了，才又装上赶路。

　　吴登云说，这样的事情太多了，两天两夜也说不完，后来时间长了就习惯了。说着，他又爽朗地笑了。

　　吴登云说邹根林是一个非常好的人，踏实、认真，积极肯干，从来没有缺报少刊，还经常为牧民和战士办好事，大家很喜欢他。

　　一个是大学生，一个只有小学文化；一个是医生，一个是投递员。按说是有差异的，可是共同的理想信念把他们紧紧联系在一起，使他们成了知己。

　　采访结束了，吴登云送我们下楼，分别时一再说邮政人和他的感情很深，他感谢邮政，永远也忘不了邮政人。

第九章　多彩的喀什噶尔

　　我多次到喀什，总觉得喀什是一个神奇美丽的地方。这里历史悠久，人民朴实勤劳，这里的沙漠绿洲融合了大气与浪漫、古老与现代、厚重与生动。

　　喀什，即喀什噶尔，古称疏勒，是古代丝绸之路南道、中道的重要交会点，它见证着这条古道的兴衰。

　　喀什噶尔是一本品读不够、荡气回肠的史书，来到这里，你会惊奇地发现，这古老偏远的大地上，曾上演过诸多波澜壮阔、气势磅礴的历史剧。西汉张骞通西域，东汉班超在此经营西域，驰骋疆场。唐玄奘西天取经，在此

留下殷殷祈祷。清乾隆皇帝在此纳香，留下动人佳话。左宗棠大军纵横南疆，收复疆土，在这里建都设府，彪炳千古。林则徐足迹遍布戈壁荒滩，留下许多动人的传说。许许多多有名或无名的英雄，都曾在这里绽放过青春和智慧。

色彩是喀什噶尔的符号，色彩让喀什噶尔变得靓丽而独特。香妃墓色彩斑斓、流光溢彩；高台民居外表粗陋陈旧，屋子里面却五光十色、丰富饱满。走上大街，就像走进了繁花似锦的花园，每一个妇女头上戴的、手里提的，都彰显着各种鲜艳夺目的色彩。有的大红，有的大绿；有的色彩鲜艳似花朵，有的色彩素淡似清水。再到喀什噶尔东门的大巴扎看看，那里的商品琳琅满目、色彩斑斓，一定使你眼花缭乱、流连忘返。

2000 多年了，喀什噶尔不知经历了多少战乱，多少风云变幻，却始终没有挡住商贾行旅、艺人工匠的脚步。南来北往的货物运送，东西文化的相互交织，形成了一条波澜壮阔、风雨沧桑的古丝绸之路，也使这里各族人民自古就善于经商。

多彩喀什

　　8月的新疆瓜果飘香，我们来到喀什。喀什是一座拥有2000多年历史的古城。日月沧桑，世事多变。在频繁的天灾战祸中，喀什这座塔克拉玛干西缘的小城却完好无缺地保存了下来。而此次喀什之行，让我念念不忘和久久回味的，却是大自然赋予喀什的"五颜六色"。

　　新疆南部的天空辽阔、高远、湛蓝，蓝天白云下几乎都是戈壁荒丘。也许是一路都是黄色、褐色的原因，喀什的绿格外显眼。这绿是树木、花草、庄稼、蔬菜的组合，绿得葱翠，绿得鲜艳，绿得可爱，连出租车都是统一的绿，这绿使整个喀什充满了生机。

　　在喀什市中心，我们看到一个大湖，清澈的湖水在阳光下熠熠生辉。水是城市的灵魂，更何况这湖水是喀什市周围山上冰雪融化而成的，这样纯净的水流进喀什，自然使这里生机盎然了。

　　喀什全称是"喀什噶尔"，意为"玉石集中之地"。走进喀什市区，马上就见到了迷人的塞外风光。在行驶中的车里远眺，天空、云彩、雪山相连，分不清层次。忽见白茫茫的一片，渐行渐近之时，才看清那飘浮的是云，那沉静的是雪。道路两旁群山起伏，沟壑纵横，这光秃而且形状奇特的群山，犹如灵巧的雕刻大师精心打造的一样。

　　喀什三面环山，一面敞开。北面横卧着巍巍天山南脉，西面耸立着毫无遮挡的帕米尔高原，南部是绵亘东西的莽莽昆仑山脉，东部为一望无垠的塔克拉玛干大沙漠，显出喀什的广袤与恢宏。

　　两年前，我从央视一个节目中知道喀什有个高台民居。当高台民居出现在我眼前时，我发现它的地理位置比较高，远远看去并不是很大，走近看才发现了它的特殊之处。这些民居院落布局自由灵活，建筑的室内外空间布置都是根据具体条件和实际需要而定，不受对称概念的束缚，充分利用地形和空间修建。民居世代相传，历史悠久。这里的民居大多数有数百年历史，但房屋结构、屋顶、墙体、门窗，甚至颜色都依然如故。一户民居就是一部家族的历史。

去塔什库尔干的路上，我们看到了红山，整座山都是赭红色的，据说是因为山体含有大量铁矿，那色彩犹如刚刚染过一样。注视这红色的山，你不得不折服于大自然造物的奇妙。红山很美，似锦如画，但我和大多数人一样，在远远地为红山感到惊奇和震撼之后，却不曾驻足，而是奔向更遥远的地方去了。

过了红山，就进入帕米尔高原了。大西北的山，多有一种裸露的阳刚之美，帕米尔高原的山尤其突出地呈现出一种力量的美。在白雪皑皑的帕米尔高原，在泥石裸露、充满阳刚之气的帕米尔高原，任何绿色的植物都是对眼睛的强烈刺激，更不用说雪中的红花了。山顶上的雪，更衬托出山峰的尖锐。

在这里，我第一次认识到什么叫山的灵魂。当山的灵魂放弃一切掩饰裸露在你的眼前，这种震撼很难用语言来形容，甚至让你有一种眩晕的感觉。那山谷里随处可见的泥石流痕迹，更让我们知道此处生命的艰辛和不易。

从喀什向帕米尔高原西行约150公里，眼前忽然出现的白沙山更使我们目瞪口呆。这条绵延不断的山脉全由洁白柔软如绸缎的白沙堆筑而成，而山下就是恰克拉克湖。山是白的，水是碧的，很像是一幅绝妙的山水画。湖光山色，神奇之处在于完全是天然形成，真是一处人间仙境。

再往前走就是卡拉库里湖了，卡拉库里意为"黑色"，此湖距离喀什191公里。这"黑"湖有着丰富的层次和色泽。在湖的最西端，高达7509米的世界冰山之父——慕士塔格峰在阳光下闪着幽蓝的光芒，终年积雪将这座山覆盖得巍峨庄严而又深沉神秘。湖边的骆驼、骏马、毡房，清晰地倒映在湖水之中，诉说着帕米尔高原上的故事。

一条小船静静地躺在湖边，一匹马儿离开主人喝着水。冰峰、雪山、湖水、马，每每回想起这样的场景，我都会感到强烈的震撼。

石 头 城

　　到达塔什库尔干县城的时候，已经是夜里 11 点多了。下了车，没走出几步，我就感觉头有点晕，还胸闷气喘，感觉脚下也软绵绵的。司机阿尔肯要我走慢些，说这里海拔 3700 多米，虽然比刚才路上翻越的那座山低 1000 多米，但仍然属于高海拔地区。

　　阿尔肯是喀什维吾尔族人，每年都要到塔什库尔干多次，对这里的情况非常熟悉。这位聪明干练的小伙子招呼我坐在饭馆的凳子上，嘱咐我少说话、少行动，过一会儿就没事了。

　　窗外大街上几乎看不到行人的影子，路灯的光也十分微弱，路旁有高高低低的行道树。夜幕中，有一座雕塑轮廓像鹰，很有立体感，却又辨不清究竟是何物。阿尔肯告诉我，那是飞鹰，塔吉克人崇拜的图腾。

　　一路奔波，时间已近凌晨，大家早就累了，可是架不住主人的热情，饭吃得不多，酒却喝了不少。我们回到住处，匆匆洗了一把脸，倒头便睡了。

　　夜里醒来，忽然听到刮风的声音，推开窗户，发现是下雨了。塔什库尔干之夜，我再也没有睡意，翻看床头柜上的一份资料，得知塔什库尔干塔吉克自治县西靠帕米尔高原，南依喀喇昆仑山脉，与塔吉克斯坦、阿富汗、巴基斯坦等国交界，面积 5.24 万平方公里，人口 3 万左右，民族有塔吉克族、柯尔克孜族、维吾尔族、汉族，塔吉克族人占 90% 以上。汉代这里为西域蒲犁国领地，北魏至隋属喝盘陀国，又作揭盘陀国。唐为疏勒镇下的葱岭守捉。宋、元属于阗，明代属叶尔羌。清光绪二十八年（1902 年）设蒲犁分防厅，隶莎车府。1913 年置蒲犁县，属喀什噶尔道。1954 年 9 月 17 日成立塔什库尔干塔吉克自治县，1978 年后属喀什地区管辖。

塔什库尔干境内地势险要，群山环抱。东南有世界第二高峰乔戈里峰，海拔 8611 米，北有冰山之父——慕士塔格峰，海拔 7509 米。山前有叶尔羌、塔什库尔干河。属高原气候，冬季寒冷，夏季温凉，年均气温 4 摄氏度。塔什库尔干属牧业区，畜产以山羊、牦牛、马、驴、骆驼为主。野生动物有编牛、羚羊、雪豹、雪鸡、帕米尔盘羊等。农作物有小麦、青稞、豌豆、胡麻等。境内有公主堡、石头城堡等古迹。塔什库尔干是维吾尔语，意为"石头城"。

黎明时分，雨停了，天公依然阴沉着脸。但是，经过昨晚的"预习"，我心里的塔什库尔干却越来越明朗和清晰。

此刻，塔什库尔干寂静着，这里的时间比内地晚几个小时，多数人还在睡梦中。大街上看不到一个行人，找不到当地人指引，我们只好沿着笔直宽敞的道路去寻找古老的石头城遗址。好在这座城市不大，走到这条街的尽头就看见了古城堡。

这是一座唐代的石头城遗址，在古代丝绸之路上有着非常重要的战略地位。城堡周长 1300 米，城墙残高 6 米，全是石头砌成。城堡建在高丘上，地势极为险峻。城外建有多层或断或续的城垣，隔墙之间石丘重叠、乱石成堆，构成独特的石头城风光。汉代时，这里是西域三十六国之一的蒲犁国的王城。唐朝统一西域后，这里设有葱岭守捉所。元朝初期，大兴土木扩建城郭，旧石头上糊了一层黄泥巴，城堡新了，看上去也坚固了。清朝时对旧城堡进行了维修和增补。

站在古老的残垣断壁上，沐浴着塔什库尔干清凉的夏风，想象昔日边塞古城的模样，我的心情是复杂的。这座古老的城堡尽管经历了太多的风吹日晒、霜欺雨淋、冰侵雪袭，轮廓仍然比较完整，当年的雄伟壮观还可以看出来。古城堡很乱，但很干净，除了一些杂草和石块，连块木片也找不到。古城堡位置高出新城许多，视野很开阔，前面是帕米尔高原上积雪的山峰，脚下是草原牧场上宽阔的河道、放牧着的羊群。据说塔什库尔干的夜色非常美丽，在晴天，月亮似乎离人很近，星星也格外明亮，黑色的石头城孤独宁静，富有层次，很适合拍摄。

大家低头漫步在古城堡上，都渴望着太阳快点出来，把古城堡最出彩的瞬间收进自己的镜头里带回去。可是太阳不但没出来，雨又滴答滴答地下起来了。

我们带着遗憾离开了塔什库尔干，但是在返回的路上，我们找到了"石头城"名字由来的线索。这里山是石山，路是石路，村庄农舍所有建筑材料全是石头，就连马路边牧民们临时搭建的小屋，甚至厕所也是石头所建。我们经过几个大的旅游景点，看见商贩们屋里屋外摆放的全是大大小小的奇石，这石头都是从周围山上、戈壁滩上、河道里捡来的。妇女、儿童提在手中兜售的则全是石榴籽石，货真价实，色泽鲜亮，价格 30 元，砍价水平高的 10 元也能拿走。

仰望蓝天白云，我由衷地感谢上苍给了塔什库尔干这么多美丽的石头；由衷地感谢塔什库尔干人，用石头的城堡为我们建筑了历史，又用石头的艺术让我们铭记这座石头城。

不一样的红柳

在返回喀什的路上，因为山体滑坡，山石和沙土堵住了我们前进的道路。看着路上挤满了大小车辆，司机阿尔肯说："这路短时间通不了，你们还不如下车呼吸呼吸新鲜空气。"

我们下车后，却感觉这里没有任何景色可看，一条普通的公路，两面是光秃秃的大山，山坡上一道道雨水冲刷形成的泥沟，像是懒散女人好久没有梳洗的乱发。只是两山之间有一条奔腾的河流，还有河边一丛丛乱糟糟的灌木，多少使这荒凉的地方有了些许生气。

谁也没有想到，刚下车，就闻到一股清香的味道。"什么味道这么香？"大家说着就好奇地伸长脖子，动用全部嗅觉、视觉去寻找香味之源。

阿尔肯看着我们笑了："是红柳。"

"红柳这么香？"

顺着阿尔肯手指的方向，我们看到发出香味的是那乱糟糟的灌木，原来那就是红柳。

我们下了小土坡，踩着满地的乱石，走到一丛红柳旁，浓郁的香味扑鼻而来。

我曾见过不少红柳，长得都十分矮小，也没有这么红的花，更没有发出什么香味。这里的红柳根部大都裸露着，有些因为主要根须裸露太多，已经难以支撑主干，倒在岸上，叶子泛着黄；有的叶子已经落了，可是顶上的红花依然坚持绽放着，并散发着香味。

这种在恶劣环境里的艰难生存深深感动着我，也吸引了许多人，大家纷纷用照相机去记录，并一个个与红柳合影留念。

大约过了 50 分钟，我们离开了这个地方，但是，红柳一直留在我的记忆里。

大约半个月后的一天，我们在伊犁峡谷又见到了红柳。那是在去那拉提的路上，一幅江南画面进入了大家的视野。我正在汽车的摇晃中熟睡，几位摄影师急呼司机师傅停车的声音惊醒了我。

我揉了揉眼睛走下汽车，看见眼前绿的、碧的河水、黄的麦浪，那红的呢？我忽然想起了红柳。这红柳有这么秀丽这么鲜艳？摄影师们一边忙着拍照，一边说："关键就是这红柳，要是没有这红色的红柳，我们还拍这照片干啥呢？"

我走到一丛最鲜艳的红柳旁，用力吸着鼻子，结果却大大出乎我的意料。这丛红柳的香味十分清淡，再闻，好像连淡淡的清香也闻不到了。

我摘了一枝最鲜艳的红柳枝，让车上的人传递着去闻，大家都很惊诧，这水肥土美之地，怎么生长的红柳反而少了香味呢？

一方水土养一方人，我想，一方水土也养一种红柳吧。山石和沙土间的红柳，没有娇美的外表，就努力展现顽强，奉献清香；肥美土地滋养的红柳，香味淡了，就倾情绽放美丽，奉献鲜艳。

这就是红柳的精神，更是这方土地吸引无数人走向它的魅力所在吧。

香城喀什

2015 年 7 月，我在喀什地区邮政分公司综合办公室主任王硕的陪同下，参观了喀什的高台民居、艾提尕尔清真寺和老城区几个很有特色的地方。

高台民居和老城区我曾去过，艾提尕尔清真寺却是第一次去。这天清真寺没有一个游客，值班的是位年轻的维吾尔族女子，说了几句话就与王硕熟悉了。原来她的一位亲戚在邮政系统上班，这样我又有更多的机会去了解清真寺，了解喀什历史文化。艾提尕尔是维吾尔语，节日欢聚场所的意思。艾提尕尔广场位于喀什市中心，是喀什古城最早的广场，被誉为"喀什市的心脏"。它的西面有一座坐西朝东、规模宏大的伊斯兰教建筑物，那就是艾提尕尔清真寺。该寺初建于公元 1442 年，是我国现存的较大的清真寺之一，在国内外宗教界享有较高的声誉。它占地面积 25.22 亩，每逢节假日到此做礼拜的多达几万人。平日的艾提尕尔广场，经常是维吾尔族人民散步、交易和观览的场所；节日里的艾提尕尔广场，则是欢乐的海洋，上千人的"萨满舞"跳得很是欢快热烈。

返回的路上，我问王硕，为什么把喀什叫"香城"。她让我猜。我问她，是不是因为喀什花香、瓜香、果香、馕香、牛羊肉香。她说是，也不是。我又问为什么。她说，香是喀什的味道。这句话使我忽然想起了新疆著名作家周涛的一段话，他说："你可以看透乌鲁木齐的五脏六腑，但你看不透喀什那双迷蒙的眼睛。喀什有一种更深厚的东西，一种更典雅、高贵、悠久的东西，那种东西不能确指，却时时处处存在，弥漫着，让你感觉着，仿佛渗透在空气里……"

周涛说的那种东西是什么呢？就是"香"。

香是一种好闻的气味，看不见，摸不着，但能闻得到，因为它渗透在空气里。喀什的空气里就洋溢着浓郁的香味。据史料记载，喀什自古至今总有一股美滋滋的香味生长着，流溢着，传播着。据说，多少年以前维吾尔族人就把"那种香味"视为沙枣花香。喀什这地方自古就种植沙枣树，沙枣树不怕盐碱，不怕干旱，不怕酷暑，不怕狂风暴雨，不怕冰雪严寒，即使在贫瘠的土地上也能生长得很旺盛。在喀什的宅边、路边、河边、涝坝边、田野边、沙漠边，处处都能见到沙枣树。一棵棵，一行行，一片片，像一排排巨大的屏风矗立着。走近一看，那一棵连着一棵的沙枣树像并肩守护疆土的卫士，岿然挺立，直冲云霄，连绵重叠，远看像条龙，近看似森林，起着防风固沙、避暑御寒的作用。沙枣花芳香沁人心脾，枣子食之甘甜，枝杈可做柴火，树叶还可喂羊，老百姓把沙枣树誉为"百宝树"。沙枣树绿叶的背面有一抹银白色，黄色的花淡淡的，一串串的枣像玛瑙。你若置身其中，浓郁的芳香便从你的脚底冲向你的鼻腔，使你醉乎其间。香的确是喀什的一个鲜明标志。尽管现在喀什市里沙枣树已不多见，但沙枣花的芳香仍然萦绕在喀什人的心里。

喀什有座非常有名的香妃墓，埋葬着清朝乾隆皇帝的一个妃子，这个妃子是维吾尔族人，原名买木热艾孜姆，生于雍正十二年（1734年）。传说从她小时候起，父母就常用沙枣花泡的水为她洗澡，她也爱吃沙枣，爱将沙枣花枝斜插在耳际，爱将沙枣花放在鼻孔边嗅着。因此她自幼体有异香，被人们称为"伊帕尔罕"（维吾尔语，意为"香姑娘"）。后来她被乾隆皇帝选为妃子，赐号"香妃"。

喀什是国家级历史文化名城，维吾尔族特色和民俗风情保存得最为完整，集中展现了维吾尔族民族风情、文化艺术、建筑风格的特色和精华。夏日站在炎炎的太阳底下，似有炙烤的感觉。但喀什昼夜温差大，夜晚清风习习，令人感觉非常舒适。喀什也是一座阳光城市，她全部的美，因了阳光的照耀而显出深刻和价值来。当我们哼着维吾尔族民歌，走在喀什的林荫道上，迎面便是一阵饱含浓郁芳香的风，它轻轻地吹拂着路人的面颊与发鬓，令人惬意。这风来自郊外的香妃墓，仿佛是香姑娘带给这里人们的"风情"，就像妙龄女郎的媚眼，眼角边都洋溢着笑意。

王硕文静端庄，办事很认真，她说称喀什为"香城"是绝对形象的。这不仅仅是因为喀什是香妃的故乡，更是因为喀什是瓜果之乡、歌舞之乡、玉石之乡，还有正宗的烤全羊、烤羊肉串、手抓羊肉、抓饭、拉条子、薄皮包子、烤包子、油塔子、馕等维吾尔族美食，这些美食都是从古城喀什小巷里走出来的，带着一种扑鼻的香味传遍四方。当地人还有一种说法，说维吾尔族无论男女老少都有高高的鼻梁、圆圆的鼻孔，就是因为这股香味扑鼻所致。喀什的美食味道鲜美，清香可口，香而不腻，辣而适口，吃到肚里，全身舒爽，被人们誉为"喀什味道"。

喀什以其旖旎的边塞风光吸引着中外游人，你若去帕米尔高原，或者攀登乔戈里峰，都得先到喀什来。喀什作为古丝绸之路的重镇，而今已成为我国西部的一颗璀璨的明珠。它是国际商贸和物流的一个中心，与印度、巴基斯坦、阿富汗、塔吉克斯坦、吉尔吉斯斯坦5国接壤，与乌兹别克斯坦、土库曼斯坦和哈萨克斯坦接近。这8个国家形成一个弧形的经济圈，喀什正好是这个圆弧的圆心。卡拉苏、红其拉甫、吐尔尕特、伊尔克什坦和喀什空港这5个口岸，像5条黄丝带，把中国与中亚、南亚以及十几亿人口的大市场连接在一起，这就是被誉为"五口通八国，一路连欧亚"的新丝绸之路。从这里到欧洲，比走海路至少要近3000公里，乘飞机到法国巴黎仅需6小时。难怪我们国家要把喀什打造成为向中西亚乃至欧洲开放的桥头堡，确定喀什为经济特区。

现在，当你站在喀什市区的高处，俯瞰喀什全貌，你不仅能闻到香城的芳香，而且可以看见其历史文化的底蕴、魅力。

喀什因对老城区进行了有效的改造，市民们喜迁高楼，惠民政策深得人心；因对穿城而过的吐曼河的彻底治理，水清、岸绿、环境优美。东湖、南湖连片，相互衬托，水面宽、湖水蓝、景色美。铁路、外环路、高速公路都是新建的，汽车、火车、飞机任你选择。全城的高楼大厦鳞次栉比，商贸物流快速便捷。满城的灯火好似珍珠闪亮……

游人到喀什，不是慕名而来，便是闻香而至。你逛遍喀什，不是因为导游的指引，而是有一种令人称奇的芳香引诱着你。内地古城给人的印象，犹如一部砖头厚的古典小说，朴实、厚重、博大，年代久远，长髯垂飘；而喀什有点像维吾尔族姑娘身着飘香的艾德莱斯丝绸衣裙从那遥远的地方来，像一部引人注目的流行小说，欢畅、明快、灵巧，透着清香。

"东有深圳，西有喀什"。这不仅是一个说法，更重要的是行动，更好的风景在前头。目前，在深圳的支援下，喀什市的大建设、大开放、大发展的项目遍地开花。那四面八方高高耸立的起重机欲与天公试比高，似金龙驾云，把香城高高地托起，阳光照在上面闪闪发亮，像明珠一样好看。人们肩并肩、心连心、手拉手，共同为喀什实现跨越式发展和长治久安而努力奋斗着！

　　香城喀什，面对现实、面对未来、面对世界，正绽放着灿烂的笑容！

和田三棵树

　　和田，位于新疆最南端，古称于阗，意思是"产玉石的地方"。和田是丝绸之路南道上的重镇，素有"玉石之都"的美名。到了和田，我们才知道，比玉石更有名的是三棵树，当地人叫它们树王。它们就是核桃树王、无花果树王、法国梧桐树王。

　　核桃树王位于和田县巴格其镇喀拉瓦其村内，距和田市区17公里。经考证，该树已有560多年的历史，是当之无愧的"老寿星"。历经数百年风雨沧桑，核桃王树仍以其高大伟岸、枝繁叶茂、苍劲挺拔的雄姿，出现于游人面前，有一种深邃悠远的美感。

　　核桃树王占地一亩，树高16.7米，树冠直径20.6米，主干周长6.6米，冠幅东西长21.5米，南北宽10.7米，树型大致呈"Y"字形，整个大树主干五人合抱。由于年代久远，树干中间已空，形成一个上下连通的"仙人洞"，洞底可容四人站立。入口直径0.74米，出口直径0.55米，游人可从洞口进入，顺着主干从上端出口处爬出。细看树皮，粗糙而深沉，沧桑而古老，像画家凝重苍劲的用笔，形状奇特。更有趣的是离树王12米处其根又长出一棵核桃树，形状酷似老树王，身躯也呈"Y"字形，只是树干无其母粗壮，但也得两人环抱才能合围。细看去，两树酷似一对情深意浓的母子，令游人感慨。核桃树王如此古老，却叶肥果盛，年产核桃6000余颗，所产核桃个大皮薄、果仁饱满，具有健身益肾、滋肝润肺、润肠健脾之功效。目前，核桃树王公园已成为和田地区重要的旅游文化景点之一。

　　和田是核桃东传的必经之地。核桃故乡在亚洲西部的伊朗，我国的核桃据传是汉代张骞出使西域时传入的，现今已遍布全国，处处可见核桃的踪影。

传说，当年左宗棠西征时曾来过此地，并绕树三圈，归京途中甚为顺利，回朝后官居高位，就是得此树之神气相助。也许是这个原因，到这里来的游客都要绕树三周才肯离开。

参观完核桃树王后，我们又看了无花果树王，两树相距不远。无花果树王占地一亩，枝繁叶茂，每年结果万颗。在此我们每人品尝了一个无花果，觉得好吃，但还没品出多少味来就吃完了，真有点像猪八戒吃人参果。

和田是一个被沙漠包围的地方。这里一年四季沙尘暴不断，干旱少雨的气候让这个地方的人们深刻地体会到水和生命的重要意义。这样的环境中能保存下来如此巨大的古树原本就是个奇迹。

法国梧桐树王生长在一片绿荫丛中，高傲挺立、独一无二，据说已经在此度过千年时光。生长在和田的梧桐树王应该是裂叶悬铃木，又叫鸠摩罗什树。据说是印度高僧鸠摩罗什到中国传播佛教时携带到中国的。和田的法国梧桐树王高数十米，直径为9米，大约要7人牵手才能合抱。

和田人种植最多的还是核桃树。喜欢树是人的天性，对于那些居住在沙漠边上的人而言，树是生命的象征，是一种希望，是一种寄托。

走过和田，也就目睹了这里的树文化。看得出，和田人特别喜欢树，家家户户的房前屋后都种满了树，尤其是核桃树，深受人们喜欢。因为核桃树不仅能遮风挡尘，还能防热避暑。地处沙漠边缘的和田，夏季气温非常高，核桃树则伸开了宽大的臂膀为和田人撑起了一片凉爽的天空。

从和田回来，只要人们说到和田玉，我就一定告诉他们：和田的树比玉更珍贵！

新疆的杨树柳树

在西北，白杨树是普通的树种，只要有草的地方，就有白杨树。白杨树对生存环境并不挑剔，大路边，田埂旁，有黄土的地方，它都能生存。白杨树不追逐雨水，也不贪恋阳光，只要有土，给一点水分，白杨树的一截枝条就会生根、抽芽。只要有一点生存的空间，它就会把黄土地装点，用自己挺拔的脊梁撑起一片生机与希望！白杨树不需要施肥，也不像娇嫩的草坪那样需要浇灌，只要不挥刀斧去砍伐，它就会挺拔向上。白杨树不蔓不枝，扎根在贫瘠的土壤中，随遇而安，与世无争。

春天里，土壤里还透着冰碴，春风中还夹着寒意，白杨树的枝头已经冒出翠绿的嫩芽。它的每一片嫩芽，每一片叶子都是努力向上的，绝不弯腰乞求，更没有媚俗的表情。夏季里，骄阳似火，酷暑难耐，白杨树即使黄了叶子，也还傲然挺胸，巍然屹立。秋风里，白杨树虽然脱尽了叶子，单薄的枝条依然透着精气，枝干向上，高昂着头。严冬里，白杨树迎着霜刀雪剑，依然伫立在寒冷的土地上，枝枝傲骨。

新疆的白杨树，多长在河畔、湖边，城市的街道旁站立的也多是杨树，充满着精气神儿，像训练有素的军人。无论太阳多么灼热，只要你在树荫下一站，凉意顿生。新疆人爱杨树，赞美杨树的文章、诗歌也不少。在机场候机厅，在饭馆，在汽车里，都能听到广播在唱"高高的白杨排成行，美丽的浮云在飞翔……"，据说是王洛宾先生的杰作。小时候，课本上有一篇《白杨礼赞》，是著名作家茅盾先生的散文，至今记忆深刻。

除了白杨树，就是柳树了。最有名的当是"左公柳"。据说，左宗棠奉清政府之命率军西征至甘肃。部队行军之际，在驿道和山路两旁插了柳树枝，用以给后面的队伍指引方向，后来左宗棠发现所插的柳枝都活了，感觉很惊奇。于是，左宗棠不但下令让军队和百姓广植柳树，而且亲自带头种树。几年后，绿柳成荫，陇原各地山川及贯通陕、甘、新的驿站官道两旁，柳树依依，就连一些沙漠地带，也因栽种柳树而绿意浓浓。"新栽杨柳三千里，引得春风度玉关"。人们为了纪念左宗棠，便亲切地称这些柳树为"左公柳"。

在甘肃的一些地方，至今还流传着左宗棠栽树护柳的故事。相传，左宗棠从新疆返回酒泉后，看到酒泉有些树木的树皮全被剥光，四条大街的新栽树木多已死亡，十分愤怒。一天，他微服出巡，发现乡民骑驴进城办事时，多将毛驴拴在树上。毛驴竟啃起了树皮，官吏、市民熟视无睹。左宗棠下令将驴斩杀，且通告城乡，从今以后"若再有驴毁林者，驴和驴主同罪，格杀勿论"。一时，左公斩驴护树传为佳话。时隔不久，酒泉又流传着左宗棠斩侄护林的故事。说左宗棠的侄儿居功自傲，有恃无恐，藐视左宗棠植树护树的号令，手执砍刀当众砍倒一片林木。左宗棠闻报，怒不可遏，以"毁林违纪"之罪，将其斩首示众。

左宗棠进军新疆的同时，"左公柳"也到了新疆，而且发展很快，对新疆的环境改造起到了非常重要的作用。

在新疆，有关左宗棠的传说很多，这些传说不知是真是假，但它们的流传表现了左宗棠爱护林木的精神。"左公柳"已不单是一种自然景物，也具有一种独特的历史价值和文化内涵，成为诗人吟咏和人们审美的对象。

对新疆天山地区种植"左公柳"的情景史料也有记载："左文襄公檄饬湘楚诸军，各于驻处择低洼闲地，搜折树枝，排插为林。方及数年，已骎骎乎蔚然深秀，民甚德之。"当代诗人赞颂"左公柳"的诗词更是不少。姑且不论这些诗词写得如何，有一点要肯定，那就是不管什么人，只要你为人民做了好事，人民群众就会永远记住你。

新疆还有两种柳树，一是馒头柳，一是红柳。馒头柳树冠大、形状美，既可绿化环境，又可遮荫，一般多在城市公园或广场种植。红柳是灌木，不高，多分枝，枝呈紫红色或红棕色，每年3月中旬至4月开始发新芽，5月下旬至7月开花，花期一直延续到9月底至10月初。红柳耐旱、耐热、耐风蚀、耐沙害，生长较快，寿命长，对沙漠地区的干旱和高温有很强的适应力。红柳为喜光灌木，不耐荫蔽，主要生长在干旱地区的湖盆边缘和河流沿岸，新疆塔里木盆地、准噶尔盆地和吐鲁番盆地到处都可以看到。

新疆还有一些树，比如天山上的松树、喀什的榆树、哈巴河的白桦树、克州的核桃树、和田的无花果树等，都很有特点，让你时不时会想起它们，引你去回忆经历过的一些事情。

左宗棠，不能忘记的名字

走在神奇的新疆大地，有一个人绝不能忘记，他就是晚清中兴名臣左宗棠。

左宗棠，字季高，号湘上农人，湖南湘阴人，清朝大臣，著名湘军将领。他与曾国藩、李鸿章、张之洞并称"晚清中兴四大名臣"。

左宗棠生活的时代，清朝经过鸦片战争已病入膏肓，气息奄奄。军队腐败，灾害频发，贪官横行，民变四起。1864年，中亚地区浩罕汗国（今乌兹别克斯坦境内）一个叫阿古柏的军官趁新疆内乱，带兵侵入了新疆，先后占领了喀什噶尔、叶尔羌、和田、阿克苏、库车。1870年秋，阿古柏攻占达坂城、吐鲁番、乌鲁木齐、玛纳斯，占领了新疆的大部分地区。与此同时，沙俄也趁机侵占了新疆伊犁。

内忧外患，形势危急，左宗棠已是垂暮之年，但是他毅然承担起收复新疆的重任。左宗棠表示，在这样一个形势下，他决不能告老还乡，决不能不管，一定要和这些入侵的强盗干到底！

在清廷海防、塞防之争中，李鸿章认为新疆乃化外之地，茫茫沙漠，赤地千里，新疆不复，于肢体之元气无伤，所以主张放弃塞防。左宗棠则认为，天山南北两路粮产丰富，煤铁金银玉石藏量极丰，实为聚宝之盆。而后左宗棠抬棺出征，誓死收复新疆。

当时的清政府采纳了左宗棠的意见，任命左宗棠为钦差大臣，督办新疆军务，统领大军出玉门关，收复新疆。可是，当时清政府囊中羞涩，拿不出西征的军费。没有办法，左宗棠只好借外债500万两，补足了军费开支，并筹集粮食 4000 万斤，集中 5000 辆大车、5500 匹骡马、29000 峰骆驼运输。1876 年 4 月，左宗棠亲率多数由湘军组成的七万多人西征大军，踏上了收复新疆的征程。

收复新疆的战争没有退路。白雪皑皑的祁连山下，猎猎长风卷起了大纛。这不是一般意义的决胜负，而是一场维护民族尊严的战争。征战的将士情绪高昂。这是为祖国的统一和领土的完整而战，于是他们血液变得沸腾，怯懦者变成了红眼的怒狮。左宗棠引以为豪的湖湘子弟在血雨腥风中冲锋陷阵，奋勇杀敌。

"先北后南，缓进速战"是左宗棠收复新疆的战略指导思想，也就是先打北疆的薄弱之敌，最后攻击南疆的敌军主力。不轻易冒进，一旦战机成熟，当速战速决。

由于战略战术正确，左宗棠进兵新疆十分顺利，很快就平定了阿古柏的叛乱，至 1877 年年底收复了南北疆。接下来是收复被沙俄占领的伊犁，这时的左宗棠已年近 70，因军务繁忙，经常咳血。左宗棠抱病坚持指挥作战，为了表示自己的决心，让士兵抬着他的棺材行军。在他的指挥下，大军兵分三路，抱着战死疆场的决心，誓死浴血奋战，收复伊犁，气壮山河，令人感动！

一年后，新疆全境收复。这是晚清历史上最扬眉吐气的一件大事，是晚清夕照图中最光彩的一笔。左宗棠收复新疆的壮举，在当时被誉为体现了"中国人的气质"。占国土六分之一的新疆终于回到了中国的版图之中，新疆的矿产、新疆的石油天然气、新疆的宝藏也都回到了祖国的怀抱。

这一段辉煌的历史，那些将士们，还有左宗棠这个响亮的名字，人们永远不会忘记！

后　记

　　一首歌中有一句很普通的歌词："新疆是个好地方！"在新疆我见过许多人，他们给我说的话中总少不了这么一句："不到新疆不知道祖国之大。"新疆确实大，全疆面积166万平方公里，占我们国家国土总面积的六分之一，是我国面积最大的省级行政区。新疆山高、湖多、戈壁苍茫、草原辽阔。新疆地处亚欧大陆腹地，陆地边境线长5600多公里，周边与俄罗斯、哈萨克斯坦等8个国家接壤。历史上，新疆是古丝绸之路的必经之地；如今，第二亚欧大陆桥穿过新疆境内。新疆的地理位置历来十分重要。

　　2015年，我参加"边关万里传邮情"活动，每天清晨出发，深夜才回到驻地，感觉无论茫茫戈壁还是辽阔草原，总走不到尽头，每天查看地图，发现走过的都只是那么短短的一段。

　　新疆历史悠久，民族众多，古称西域，自古以来就是中国神圣领土的一部分。

　　新疆景色极为优美。新疆的地形特点是山脉与盆地相间，被称为"三山夹两盆"。北部为阿尔泰山脉，南部为昆仑山脉。天山横亘于新疆中部，把新疆分为南北两半，南部是塔里木盆地，北部是准噶尔盆地。习惯上称天山以南为南疆，天山以北为北疆。南疆以人文景观为主，自然风光也有独到之处；北疆则以优美的自然风光为主。

　　新疆境内奇树异草、珍禽异兽多不胜数。还有天池、喀纳斯湖、博斯腾湖、赛里木湖、巴音布鲁克草原等著名自然景观，以及交河故城、高昌故城、楼兰遗址、克孜尔千佛洞等蜚声中外的历史遗迹。

　　走在新疆的大地上，我一直被新疆的神奇所震撼。新疆自然景观奇特，冰峰与火洲共存，戈壁与绿洲为邻，保持了粗犷原始的风貌。新疆是一个多民族聚居的地方，各族人民相处非常融洽。新疆既有海拔几千米的冰峰，又有低于海平面的吐鲁番盆地。这些有着巨大差异的因素在新疆以一种和谐的方式存在着，这也许就是新疆的神奇之处。

整理完这部书稿的时候，我仍有许多遗憾。也许是新疆大的原因，也许是时间不允许，查看新疆地图，我还有许多地方没去过，还有一些应该写的东西没写出来。我写的新疆仅仅是新疆这棵大树上的枝枝叶叶。

漫漫丝绸路，悠悠驼铃声。当我们走在这条连接着东西方文明、有着丰富历史人文资源的古道上，领略大漠孤烟、长河落日的壮阔，遥想千年历史沧桑变迁的时候，才真正感觉到新疆的广袤和壮美。

整理完这部书稿已是秋天，树叶渐黄，细雨连绵，望着灰蒙蒙的天空和飘洒着的细雨，我又想起了新疆和在新疆采访的日子，想起了一起走过万里边境线的同事们。

捧出这本书，也算是我为新疆这片土地献上的一点心意。

我感谢新疆，感谢给我这次机会的新疆维吾尔自治区邮政公司的领导，感谢和我一起走过这段路程的同事们！

最要说的是王俭，这位新疆维吾尔自治区邮政公司的党组书记、总经理曾经是我多年的同事。我在新疆待了近3个月，耳闻目睹，越发体会到一位领导干部的不容易！还有新疆维吾尔自治区邮政公司党组副书记、副总经理王润泽，他是我多年的同行和朋友，他一路陪同我们，毫无怨言。这次活动的具体组织者郭奇志是位优秀的锡伯族年轻女干部。在行程中，她带领大家克服种种困难，出色地完成任务。还有担任摄影的周剑和担任摄像的安坤两位年轻同志，他们充满活力、吃苦耐劳，很能感染身边的人。

我是这个团队中年龄最大的一个，同伴中年龄最小的和我儿子年龄差不多，但是他们积极乐观的精神使我难忘，值得我学习。

感谢太白文艺出版社党靖社长、韩霁虹总编的支持与帮助，感谢太白文艺出版社编辑申亚妮、张笛，感谢梁涛、张美娟女士的辛勤劳动，感谢著名书法家倪文东先生的封面题字！

2017 年 9 月